人·生·漫·品

追随你的梦想

苇笛 著

中国社会出版社
国家一级出版社★全国百佳图书出版单位

图书在版编目（CIP）数据

追随你的梦想 / 苇笛著. —北京：中国社会出版社，2011.12
（人生漫品）

ISBN 978-7-5087-3752-2

I.①追… II.①苇… III.①散文集－中国－当代 ②短篇小说－小说集－中国－当代 IV. ①I217.2

中国版本图书馆CIP数据核字（2011）第238868号

书　　名：追随你的梦想
著　　者：苇　笛
责任编辑：侯　钰

出版发行：中国社会出版社　　**邮政编码**：100032
通联方法：北京市西城区二龙路甲33号
编辑部电话：（010）66080360
邮购部：（010）66060275
销售部：（010）66080360　　传　真：（010）66051713
（010）66051698　　传　真：（010）66080880
网　　址：www.shcbs.com.cn
经　　销：各地新华书店

印刷装订：中国电影出版社印刷厂
开　　本：145mm×210mm　1/32
印　　张：9.25
字　　数：224千字
版　　次：2012年2月第1版
印　　次：2012年2月第1次印刷
定　　价：26.00元

CONTENTS | 目 录

第一辑

生命倒计时

人，最宝贵的是生命，而生命，又以时间的形式存在着。要想了解一秒钟的价值，你可以问一问赛场上的游泳运动员，他的答案必然令人震惊。虽说时间如此宝贵，可在现实生活中，能有几人做到『惜时如金』？面对生命，我们不妨采用『倒计时』的方式来生活，这样的计时方式，将会让我们珍惜时光，将未来的遗憾与追悔降到最低点。

铺一条回家的路

在靠近比萨的乡下，有一条奇怪的石头路，莫名其妙地横过荒凉的土地，又断掉了。

这条路，是一个女人修成的。

几百年前，有一户人家，因为贫穷，丈夫便到外乡去打工，许久许久不曾回来。妻子便开始修路，先修她家门前的路，她怕丈夫回来时下雨，踩到院子里的泥泞；渐渐地，她向外面修路，朝着丈夫离开的方向，一块石头、一块石头地摆，直到她八十多岁，死的那一天，她的手里还握着一块石头，倒在了路的尽头。后人感念女人的深情，不时打扫那条石头路，几百年来，那条石头路便一直在荒野里延伸着。

凝视着那条由一块又一块石头铺成的小路，我觉得有热热的液体在眼内涌动。

当那位年轻的妻子铺下第一块石头时，她一定在想，自己的丈夫不久便会踩着她亲手铺好的石头路如期归来。然而，日子一天天过去了，从青春妙龄到耄耋之年，丈夫却始终未能出现；多少失望的打击，未能改变妻子的心愿，她还在一块一块铺着石头。傻傻的等待，无悔的守候，深情的凝视，痴痴的盼望，人世间，唯有这一条没有终点的石头路，是用爱与心铺成的。妻子一定深信不疑，路铺得越长，自己与丈夫相见的日子越近；总有一天，她亲手铺成的石头路，会把丈夫从远方带回家乡，带回她自己的身边。漫长的岁月里，那份期待、那份渴盼、那份希望，在她心底不断燃烧，照亮了她原本孤寂的生命。我想，当她最终倒下的时候，她一定看见，那个等待了几十年的男人，正向她走来……

那条石头路，没有名字，可在我心中，我把那条路叫做“痴情”路。

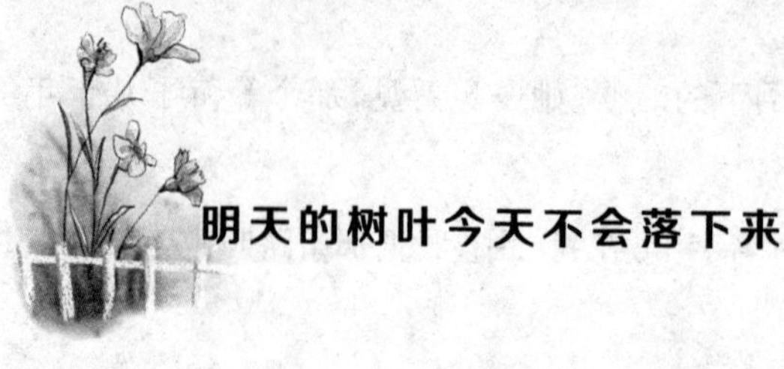

明天的树叶今天不会落下来

当他还是一个小男孩的时候，家后面有一大片树林，起风的时候，林中的树叶随风飘飞，有时会飞入厅堂和灶间。于是，他的父亲便要求他每天上学前将树叶打扫干净。

对他来说，天刚亮就起床扫落叶实在是一件苦差事。尤其是秋冬之际，林间的树叶好像互相约定似的，总是不停地落下来。每天花大量的时间打扫落叶，让男孩厌倦不已。但农家的孩子，又怎敢无视父亲的规定呢？

后来，男孩从别人那里得到一个好主意，那就是扫地之前，先将树木使劲地摇摇，这样就可以将第二天的树叶摇下来，如此一来，岂不省事许多？这个主意令男孩兴奋不已，于是他起了个大早，扫地之前使劲地将树木摇了又摇，希望把明天的树叶全都摇下来，可摇到一半时男孩已是满头大汗，才发现摇树比扫地更累，尤其是要把第二天的叶子摇落，真不是件简单的事情。但男孩毕竟做了一件让自己满意的事情，那一天，他过得非常开心。

第二天，他起得更早，谁知他到林间一看，林间还是落叶满地；男孩傻了眼，可他还是不死心，依然抱着树木摇了又摇，试图将明天的树叶摇落下来。但无论男孩怎样用力，每一个清晨，当他到树林中去时，他总会看到满地的落叶。

有一天，当男孩站在满地落叶之中时，他犹如醍醐灌顶般大彻大悟。他知道，无论他今天怎样用力，明天的树叶还会落下来啊！那一刻，男孩的心中一片澄明。他终于明白了，无论未来有怎样远大的梦想，活在当下、活在今天才是生命中最实在的态度。就像佛家所言，饥来吃饭，困来即眠，便是禅了。

男孩渐渐长大，他成了一个作家，他的文笔清新流畅，表现了淳厚浪漫的情感，在平易中有着感人的力量；而在他朴素的文字中，处处流露出禅的机锋和悲天悯人的情怀。通过他的文章，你会发现，即使在最微小的事情中，也都蕴藏着高深的智慧。他的文章，打动了无数读者的心灵。他在30岁之前，便已获得了台湾所有的文学大奖；而更令人惊讶的是他的高产，他每年出版五六本书且本本畅销，并且连续10年位居台湾畅销书前列。他的成就，奠定了他在文坛上不可动摇的地位。

他就是台湾著名的作家林清玄。

林清玄的成功，来自于他的天赋、他的勤奋，还有他不屈不挠的努力；但更重要的，是他"活在当下"的人生态度。这种态度，使他时时刻刻都能全力以赴，将所有的精力都用在当前的事情上，而不是浪费在未来一些虚无的烦恼之中。就像那林中的落叶，要在今天扫尽，明天自有明天的落叶，不必烦忧。

不是吗？每个人的心中都会有烦恼、悲哀与痛苦，那么就让这一切在今天作个了结。明日自有明日的痛苦，就让明日的双肩来承担吧。

一束鲜花改变人生

乔治是华盛顿一家保险公司的营销员，为女友买花时认识了一家花店的老板——本，但也只是认识而已，他总共只在本的花店里买过两回花。

后来，他因为为客户理赔一笔保险费，被莫名其妙地控以诈骗罪投入监狱，他将要坐10年的牢。闻此消息，女友离他而去。

面对从天而降的灾难，乔治悲愤不已，女友的离去更让他痛苦不堪。只在狱中过了一个月，乔治便感到自己快要疯了。就在他郁闷难耐时，有人前来看他，乔治在华盛顿并没有一个亲人，因此实在想不出来者是谁。在会见室，他不由得怔住了，原来是花店的老板本，他给乔治带来了一束鲜花。

虽然只是一束鲜花，乔治却从中感受到人世的温暖，希望之火开始在他的心头重新燃烧。他安下心来，在监狱里大量读书，钻研电子科学。

6年后，乔治获释了。他先在一家电脑公司做雇员，不久自己开了一家软件公司；两年过后，他身价过亿。成了富豪的乔治去看望本，却得知本于两年前破了产，一家人贫困潦倒，举家迁到乡下。乔治把本一家接了回来，给他买了一幢楼，又在公司里为本留了一个位置。乔治说，是你的一束鲜花使我留恋人世的爱与温暖，给予我战胜厄运的勇气；无论我为你做什么，都不能回报你当年对我的帮助，我想以你的名义，捐一笔钱给慈善机构，让天下所有不幸的人都感到你博大的爱。

此后不久，乔治果然捐款成立了“华盛顿·本陌生人爱心基金会”。

一束鲜花竟然是如此的神奇，它给绝境中的乔治带来了希望，重新点燃了他生命的激情。很难想象，若是没有那一束鲜花，狱中的乔治该会怎样的自暴自弃，以致潦倒一生。事实上，这个世界上的许多悲剧都源自于对爱的绝望。对一颗冰冷的心灵来说，最大的可能就是自甘堕落。而我更愿意相信，正是那一份回报本的强烈愿望，成了乔治努力向上的强大动力。

一束鲜花改变了乔治的人生，同样也改变了本的命运。当善良的本手持鲜花前去探望狱中的乔治时，他只是希望一个年轻的生命能够从此振作起来，而绝不会想到更不会奢望眼前憔悴的年轻人会在数年之后将他家从苦难中解救出来。

看来，爱心真是一粒种子，不经意地撒落后就会生根发芽，给这个世界带来鲜艳的花、甜美的果，而爱心更是寒夜的一团火，在温暖别人的同时，也温暖了自己。

财富与眼光

乔布斯、沃兹、惠恩是三个非常热爱电脑的年轻人。1976年的一天，他们签署了一份合同，成立了一家电脑公司，公司取名“苹果”。为了筹集到足够的资金，三个人到处奔波，其中，惠恩筹集到的资金最少，只占资本的1/10。苹果电脑公司成立后，惠恩也就成为小股东，拥有了公司1/10的股份。

他们的产品“苹果一号”推向市场后很受欢迎，总共售出了150台，收入近10万美元，扣除成本及其他债务，赚了4.8万美元，惠恩分得了4800美元。不过，惠恩并没有收到这笔红利，他只是象征性地拿了500美元工资就急急忙忙地离开了公司，甚至连自己1/10的股份也不要了。

惠恩为何如此仓促地离开苹果公司？多年后他向记者这样解释道：“我为什么要马上离开苹果公司，要回500美元就算了？因为我怕乔布斯过于急进，日后可能会令公司负上巨额债务，那时我也要替公司负上1/10的责任。”

如今的苹果公司正如日中天，它的市值已超过电脑界的龙头戴尔公司，成为超级企业。大家争相买入“苹果”的股票，将其作为最佳投资项目。假若惠恩一直持有苹果公司的股份，他早已成为亿万富翁了。

在这个世界上，决定财富的因素有很多：机遇、胆识、教育水准、人际关系等，但最重要的一项却是眼光。正因为缺乏一双识人的慧眼，惠恩才对乔布斯作出了错误的判断，最终使自己与财富失之交臂。

财富人人渴望，但真正获得财富的人并不多。看来，与其叹息自己运气不好未能获得“财神”的青睐，不如先修炼出一双识别财富的慧眼。

生命倒计时

非洲有一个民族，婴儿刚生下来就获得了60岁的寿命，以后逐年递减，直到零岁，人生大事都得在这60年内完成，此后的岁月便颐养天年了。

这真是一个绝妙的计岁方法。虽说科技日益发达，人类的平均寿命亦一增再增，但无论怎样，人的年龄依然是有限的。从某种意义上说，人生不过是我们从上苍手中借来的一段岁月而已，过一年，还一岁，直到生命终止。可惜的是，虽然我们都知道人固有一死，可因了光阴的了无痕迹，因了岁月的永不消逝，我们的心中便常会产生一个错觉：日子长着呢，不管什么事都可以留待明天再说。于是，我们懒惰，我们懈怠，我们怯懦，我们……无论做错什么，我们都可以原谅自己，因为来日方长，不管什么事放到明天再说也不迟。直到有一天，死亡的阴影笼罩着我们的生命时，我们才会悚然而惊：糟了，总以为将来的日子长着呢，怎么死亡说来就来了？那些未尽的责任怎么办？那些未了的心愿怎么办？那些还未实现的诺言又怎么办……还能怎么办？面对一张死亡通知书，人类只能踏上另一条不归路。追悔也罢，遗憾也罢，那个早已写好的结局，谁有能力改变？临终之前，也许人们会在模糊中想起诗人的感叹“譬如朝露，去日苦多”，也许会想起哲人的教诲“少壮不努力，老大徒伤悲”，可一切，都已悔之晚矣。

此时，让我们想想那个倒着计岁的非洲民族，他们的人生智慧真令人惊叹。生命既是借来的一段光阴，当然是过一天少一天了；而面对自己日渐减少的寿命，面对自己日渐消耗的时光，谁能在心中无动于衷呢？

人生倒计时，一个多么必要的提醒。过去一年，我们的生命便减少一岁，面对有限的时光，我们理应善加利用。于是，我们将自己手中的事务一一打理清楚，分出轻重缓急，再一一安排妥当。当我们的生命只剩下短短的几年、几月甚至几天时，有谁舍得将光阴浪费在鸡毛蒜皮当中？又有谁舍得将精力花费在流言飞语之上？那么宝贵的时光，只能用在重要的事情上面。如此岁月流逝，当预定的终点到达时，心中还能有多少遗憾？

生命倒计时常常让我想起电话磁卡。当我们将一张磁卡插入话亭时，显示器立刻显示出卡中的数值，随着通话时间的延长，卡中的数值不断减少。面对着那些不断缩小的数字，下意识地，你会在心中提醒自己：长话短说，别浪费金钱！因为那些变化的数字如同一双眼睛，注视着你，提醒着你，最终让你三言两语结束通话。

其实，生命不也如同一张小小的磁卡吗？所不同的只是，我们常会忘了，在我们的大脑中也会有着一个显示器，告诉我们有限的时光还剩多少。而当生命倒着计时，那年年减少的数字，便会提醒我们，强迫我们——来日无多，该做的事情赶紧去做。

所谓天才

在北京奥运会上，美国游泳运动员菲尔普斯狂揽八金，对此，媒体一片惊呼：天才！天才！是啊，单就身体条件而言，菲尔普斯简直就是为游泳而生的。普通人的臂围与身高相差无几，可菲尔普斯的臂围却比身高长了14公分；他的两条长臂犹如两支长桨，一入水就可以大幅划动。另外，他还拥有一双大脚，在游泳池里，那双大脚犹如鸭蹼一般助他快速前行……那么，菲尔普斯夺冠，靠的就是出色的身体条件吗？要回答这个问题，还是先让我们来看一看他的日常生活吧。

寻常日子里，菲尔普斯每天5点即起，然后开始训练，一天的训练量为16公里。除了训练，菲尔普斯每天只做两件事，一是吃饭，二是睡觉。一年365天，天天如此，就连圣诞节也不例外。不难想象，若没有长期刻苦勤奋的训练，菲尔普斯的金牌根本就无从谈起。

被人称为“天才”的运动员还有丁俊晖。2002年，年仅15岁的台球运动员丁俊晖一连摘取了8项赛事的冠军，其中包括亚洲青年锦标赛冠军、亚洲锦标赛冠军、世界青年锦标赛冠军以及亚运会的个人和团体冠军。这一骄人的成绩，让丁俊晖赢得了中外媒体的交口称赞，一顶顶桂冠向他飞来：台球神童、天才少年、神奇中国丁……面对溢美之词，丁俊晖却毫不认同，他说：“不、不、不，其实我不是天才。说实话，我并不是大家说的那样天生就有台球天赋的人……只不过我用的心思、付出的努力比别人多而已。”他还说：“做什么事情，想要成功就要付出汗水。其实，我就是练球、练球、再练球，才达到现在的水平。”

回顾一下丁俊晖的成长历程，我们就会发现，小丁所言不虚。他13岁时去东莞练球，因为经济窘迫，他只能和父亲一起住在台球馆一个8平方米的角落里。没有钱，他们每天只能吃两块钱的盒饭，买最廉价的处理苹果。可就在这样艰苦的环境下，丁俊晖每天9点准时开始训练，一练就是8小时，东莞天气湿热，丁俊晖每天都泡在自己的汗水里。正是有了长期的苦练，才有了丁俊晖日后的“一飞冲天”。

关于天才，《纽约客》专栏作家格拉德威尔如是说：天才不过是做了足够多的练习的人，艺术领域也不例外。他总结出了一个一万小时定律。研究显示，在任何领域取得成功的关键跟天分无关，只是练习的问题，需要练习一万个小时——10年内，每周练习20小时，大概每天3小时。好像大脑需要这么长时间，以吸收达到精通需要知道的东西。

心理学家安德斯·埃里克森20世纪90年代初在柏林音乐学院做过调查，学小提琴的大都从5岁开始练习。起初每个人每周都是练习两三个小时。但从8岁起，那些最优秀的学生练习最长，9岁时每周6小时，12岁8小时，14岁时16小时，直到20岁时每周30多小时，共1万小时。如果说人的才华是一粒种子，那么长期专注的练习，就是阳光、水分与土壤；唯有获得充足的水土与阳光，一粒种子才能长成参天大树。而到那时，一个人的才华，就能够淋漓尽致地发挥出来。

如此看来，所谓天才，就是那些凭借刻苦、凭借勤奋、凭借坚韧、凭借种种努力，最终将自己的天赋发挥到极致的人。

磨难的价值

高尔夫运动刚刚兴起时，只是对球的重量、体积做了相关的规定。各名赛手为了让自己的球显得美观且与众不同，设计了很多图案印或刻在表面。奇怪的是，几乎所有的高尔夫球手都很喜欢用旧球，特别是有划痕的球。一些赛手甚至在新球上特意弄出并不美观的伤痕。原来，有伤痕的球比光滑的新球有着更优秀的飞行能力。

于是，根据空气动力学原理，科学家设计出了表面有凹点的高尔夫球。这些凹点，让高尔夫球的平稳性和距离性比光滑的球更有优势。从此，有凹点的高尔夫球成为比赛的统一用球。

对高尔夫球来说，最值得感谢的就是那些划痕了，正是划痕，使之从普通升华为优秀。

从某种意义上说，我们的心灵何尝不是一粒“高尔夫球”呢？我们需要感谢的同样是来自生活的“划痕”。

不是吗？一次次的欺骗，使我们走向清醒；一次次的伤害，使我们走向坚强；一次次的挫折，使我们走向执著；一次次的不幸，使我们走向乐观……正是生活的磨难，赋予我们一颗优秀的心灵。尽管充满磨难的生活常常使我们觉得阻力重重，甚至使我们举步维艰，然而，这份阻力，却正是我们得以把握命运的关键。

不信吗？

稍懂物理的人都知道，两队进行拔河比赛时，彼此的拉力是完全相等的，取胜的决定因素是各队与地面的摩擦力。也就是说，谁与地面的摩擦力大，谁就是最后的赢家。

事实上，我们的人生不也是一场拔河比赛吗？只是与我们较量的对手是命运。是的，正是命运，试图赢得我们从而操纵我们的一生。漫长的时光中，当我们咬紧牙关与命运苦苦相持时，能够助我们一臂之力的只有摩擦力了。这时的摩擦力也就是来自于生活的阻力，这份阻力越大，我们获胜的概率就越高。而所有的阻力，全都蕴藏于磨难之中。

感谢磨难！

一条鱼能做几道菜

一条鱼能做几道菜?

几道?鱼头炖汤鱼肉红烧,除此之外还能做出什么?如果你也困惑,那么就和我一起看看《全鱼之舞》中的"全鱼宴"吧。

先上来的是一盘金黄色花生米大的一粒粒东西——香酥鱼鳞。鱼鳞裹了面粉、椒盐入油锅而成,吃起来香脆舒爽,是佐酒佳品。

接下来的是辣子鱼排,用干辣椒炝鱼骨头。

随后的是宫保鱼丁和糖醋鱼,但这两道菜还没有用尽鱼身之肉,紧跟着就上来了一道鱼肉面——用鱼肉混了面粉做的面条。

还有一道菜令人叹为观止。红油浸渍而出,见到白色的大蒜和青色的鱼尾——蒜烧鱼尾。

至于鱼头,真的成就了一锅汤——砂锅鱼头汤。

"全鱼宴"这下该全了吧?且慢,还有最后一道菜——泡椒鱼杂,它是佐饭佳品。

八道菜已经上齐了。但谁知道哪一天,会不会有一个独具匠心的厨师再端出第九道菜呢?

一条鱼,从外到内,从头至尾,竟然无一不可入菜,也就是说,一条鱼,全身竟然无一处是废物。我们人类作为万物之灵,自然比鱼有用得多了。一条鱼能有八条路,那么一个人就该有无数条出路吧?

可事实却远非如此。在我国,每年约有28.7万人死于自杀,约有200万人自杀未遂。那些走上绝路的人们,尽管他们面临的困境各不相同,但有一点毫无疑问是共同的,那就是内心的绝望。是的,他们是一群绝望的人,是一群看不到出路的人。

但人生怎么可能没有出路呢?“天生一人必有一路”啊!一条鱼尚且有八条路可走,那么我们人呢?属于自己的道路该有千条万条吧?我们的手、我们的脚、我们的眼睛、我们的头脑,哪一个不能为我们开创出一条新的道路啊?不信吗?那就去看看斯蒂芬·霍金吧,他的全身只有大拇指还能动,可他的世界依然无限广阔。不幸的是,那些已被绝望屏蔽了心灵的人,他们是不愿意静下心来认真想一想的。

现实生活中,真正极端地去走绝路的人毕竟是少数,但谁的内心从不曾怀疑过自己呢?怀疑自己的脚下是否真的有条路,怀疑自己的一生是否真的能够找到自己的路。这种怀疑打击着我们折磨着我们甚至否定着我们,让我们对自己的信心一降再降,甚至逼着自己往那条绝路上走。那样的时候,一个人或许还不如一条鱼吧?

让我们时常想想“全鱼宴”吧——当我们迷茫当我们失落当我们挣扎时。一条鱼尚且能够做出八道菜,我们的人生当然拥有无限的可能。

双向输水管

新加坡是个岛国,1965年独立之后,淡水无法自给的新加坡不得不向一水之隔的马来西亚买水。不过,连接新马两国的淡水输水管却是双向的,一条由马来西亚流向新加坡,而另一条则由新加坡流向马来西亚。

原来,新加坡向马来西亚买水的同时,还花钱引进世界上最先进的淡水净化技术,建起一座规模很大的自来水厂。从马来西亚流过来的水经过处理后,除自用外,其余的再回流到马来西亚。不过,回去的水可不是白给的,身价已是原来的两倍。

新加坡的飞速崛起,举世为之惊叹,探索新加坡的振兴之道,我们能够找出众多的有利因素:高瞻远瞩的决策层、高效清廉的公务员、勤勉奋进的普通人……是的,所有这一切都促进了新加坡的腾飞。但是,透过新马两国之间的双向输水管,我似乎看到了贯注新加坡的指导思想——无论从外界引进什么,都要在此基础上创造出更有价值的东西输送出去。我想,正是这样的指导思想,促进了新加坡国力的不断增强,也促进国民素质的不断提高。

吸纳的同时创造出更有价值的东西,这一原则不只体现在新加坡的腾飞中,同样也体现在自然界的许多物品中。命运给予贝壳的是一粒恼人的沙子,而贝壳回报世界的却是一颗晶莹的珍珠;命运给予黏土的是一窑烈火,而黏土回报世界的却是一尊精美的瓷器;命运给予一块巨石的是千雕万刻,而巨石回报世界的却是一座神圣的佛像……这些原本普通的物品，在承受磨难的同时不断提升自己的价值，最终赢得了人们的欣赏与珍爱。

物品如此，人类何尝不是这样呢？在历史的长河中，我们之所以敬仰那些伟大的人物，不也是因为他们所创造出的伟大价值吗？他们无论自身经历了多少痛楚，回报世界的却都是自己心血的结晶：司马迁曾忍宫刑之耻，却留给后人一部《史记》；曹雪芹曾遭抄家之灾，却留给世界一部《红楼梦》；贝多芬曾受耳聋之痛，却留给时代一曲《命运交响曲》……

人与外界的关系始终是双向的，“输入”的同时也在“输出”。漫长的一生中，我们无法把握自己的际遇，却可以把握自己的态度。无论经历过多少挫折与磨难，我们都应当努力创造出更有价值的东西来回馈这个社会，惟其如此，我们才能不断提升自己的价值，才能最终成就自己。

可怜与可恨

“可怜之人必有可恨之处”——这是流传很广的一句话。不止一次地，我听人说起这句话，在酒席上、在聊天时、在电视里……每一次，说的人都理直气壮义正词严：你看看那个浪子，年轻时抛妻弃子到处鬼混，现在老了，无依无靠凄凉度日了，看着可怜，实际上还不是活该嘛。还有那个贪官，在台上成千上万地贪，等到进了牢里，一把鼻涕一把泪地痛哭忏悔。可怜吗？可怜。可恨吗？可恨！还有那个奸商，成天以假乱真以次充好，最后被工商局罚得倾家荡产，吃了上顿没下顿的。他看起来可怜，实际上还不是罪有应得……

我得承认，他们说的有些道理。这个世界上，确实有些人的可怜完全是由自身的可恨造成的。但世界是如此的广大，每个人的际遇又各不相同，实际上，有许多人的可怜，与可恨毫不相干，他们的可怜，完全来自于命运的冷酷无情。你看看，一个婴儿出生不久，他（她）的双亲就因意外而双双去世，他（她）很可怜，可他（她）又有何可恨呢？一名产妇，输血时不幸感染了艾滋病，她很可怜，她又有何可恨呢？一位老翁，过马路时被闯红灯的车子撞成重伤，肇事者随即逃之夭夭，老翁的医疗费毫无着落，他很可怜，可他又有何可恨呢……

我不知道，最初是谁说出了这样一句话，但我从心里讨厌这句话。在这句话里，我看到了人心的冷酷与残忍。不是吗，一个“必”字，就把所有的“可怜”归入了“可恨”，它的潜台词分明就是：你可怜，你活该，因为你可恨。这种推理，分明是冷酷无情的强盗逻辑。

这个世界上，有多少可怜之人是无辜的啊，他们的可怜，完全来自于人生的不幸与世事的无常。他们是值得同情的，更是需要帮助的。对他们，若是不能伸出温暖的手，那就安静地从他们身边走开，而不是对着人家恶狠狠地来一句："可怜之人必有可恨之处。"这句话，是撒向他们伤口的一把盐，更是插向他们心头的一把刀。

"可怜之人必有可恨之处"——这实在是冷酷无情蛮不讲理的一句话。我希望有一天，这句话能够从生活中彻底消失。

灯草与石头

从前，有一户人家，家里有兄弟俩，哥哥是前娘养的，弟弟是后娘生的。前娘早已去世多年，家里的一切都归后娘掌管。

不用说，后娘很偏心。她安排哥哥每天到石场挑一担石头回来，弟弟呢，每天到草场挑一担灯草回来。草场与石场比邻而居，哥哥的辛苦可想而知。刚开始挑担的时候，弟弟挑上灯草健步如飞，很快就回到家里；哥哥呢，一担石头压到肩上，几乎将他压倒，他只能踉踉跄跄地往前走，走上几步，就要放下担子歇一歇。没过多久，肩膀就变得又红又肿，只能换肩再挑……待他精疲力尽地挑着担子走进家门时，往往已是深夜了；弟弟呢，早已躺在床上呼呼大睡。连着几天下来，哥哥的肩膀就溃烂化脓，担子一上肩，就疼得钻心，可哥哥，只能咬牙忍着，否则，不把担子挑回家，他连饭都吃不到。

就这样熬了一段时间后，哥哥的双肩结了厚厚的一层趼子，担子压上来，不再感到沉重如山了；他的脚步，也变得从容不迫了。挑上担子，他可以和弟弟一起往前走了……

有一年夏天，兄弟俩挑着担子走到大河边时，忽然狂风大作，天昏地暗，无数的树木被狂风连根拔起。可怜的弟弟，肩上灯草早已被狂风席卷而去，就连他自己，也立不住脚，踉踉跄跄地随着狂风乱转，最终跌进河里，淹死了。而哥哥呢，肩上的一担石头使他稳如泰山，狂风丝毫也奈何不了他；他像平时一样，挑着担子一步步地走着，平安地回到了家里……

——这是流传在我家乡的一个故事，从小到大，我听过无数次。年少的时候，每次听完故事，讲故事的人都会点评一番："你看看后娘不安好心，结果呢，把自己的儿子给害死了。报应啊！"听故事的小孩子，紧跟着接道："活该！"那时候，我一直觉得这是个因果报应的故事，后娘不安好心，自然就不得好报。

成长的岁月里，我一直咀嚼着这个故事，渐渐地，咀嚼出不同的滋味来：故事里的"灯草"与"石头"分明代表着两种不同的人生。灯草是轻松的、安逸的，挑在肩上，根本就没有什么分量，走起路来，自然一路轻松。石头呢，是沉重的、艰辛的，挑一担石头，简直就像挑一座山，走在路上，自然是步履维艰。但挑着灯草上路，一个人虽说轻松，但双肩始终也不会有什么力量，也就是说，他/她的能力始终没有什么提高。相反地，挑着石头上路，一个人虽说举步维艰，但在天长日久的磨砺之下，他/她的力气会不断增长，也就是说，他/她的能力也在不断提高。寻常的生活里，挑灯草的人当然活得轻松，可当灾难猝然降临后，他/她却不堪一击；倒是挑石头的人，平时固然活得沉重，却能在灾难里进退自如，最终平安度过。

芸芸众生，尽管生活方式千差万别，但说到底，大多数人的生活不外乎"灯草"或"石头"这两种。在故事里，"灯草"与"石头"是后娘分配的，但在现实生活中，"灯草"与"石头"却是个人的选择。有人贪图安逸，就想挑着"灯草"过一生；有人不畏艰辛，挑起"石头"上了路。不同的选择，带给他们的，自然是不同的人生。

而我，一个听着故事长大的女子，愿意挑担"石头"上路。

桂花开了桂花香

我在街心公园里静静地坐着。

忽然，一阵风过，空气中飘来香甜的气息。深吸几口后，我四下张望：莫非桂花开了？

站起身，我循着花香找了过去。在西边草地里的一棵树上，我找到了满树细碎的金黄小花——果然是桂花开了。不用说，眼前的树，自然就是桂树了。只是，桂树看上去异常的普通，细长的枝干上长着绿色的叶子，没有一点特别之处。说实话，如果不是开着金黄的小花，如果不是飘着香甜的气息，我是认不出桂树来的。而桂树，是“蟾宫折桂”的树啊，是夜夜陪伴嫦娥玉兔的树啊；桂树，分明是一种高贵的树。但惭愧的是，若是没有桂花，我只会把桂树当作寻常的灌木。

因了花香，此后的日子里，我常在街心公园里流连忘返，任自己的一颗心，浸润在香甜的气息里。那时再看桂树，我的眼光里没了平时的漠然，而是多了几分欣赏与珍惜。一棵桂树，就这样用自己的香味赢来了别人的肯定。

其实，从某种意义上来说，一个人也就是一棵树，唯有散发出独特的“香味”，才能赢得世人的肯定与敬重。不是吗？《史记》是司马迁的“香味”，《红楼梦》是曹雪芹的“香味”，向日葵是凡·高的“香味”，《命运交响曲》是贝多芬的“香味”……正因为拥有了独属于自己的“香味”，古今中外的伟大人物，才被世人念念不忘。

那么,你呢？当你一再抱怨这个世界冷漠无情,这个人间势利不公时,请你静下心来想一想:桂树用香甜的气息证明了自己,而你,又用什么来证明自己呢?

创造自己的传奇

活在世上，我们常常下意识地同别人比较，比来比去，比得自己心灰意冷。殊不知，这样的比较除了让人迷失自我外，实在没有任何意义。真想比较，就应当拿今天的自己同昨天相比——让今天的自己比昨天豁达，让今天的自己比昨天睿智，让今天的自己比昨天优秀……当我们最终成为最好的自己时，我们也就创造了人生的传奇。

两个渔夫，多种结局

大海边住着两个渔夫，甲和乙，他们都靠捕鱼为生。每一天，天刚蒙蒙亮，渔夫甲就驾船出海了。一网又一网，他不停地撒网捕鱼，直到星光满天时，渔夫甲方才满载而归。渔夫乙呢，往往等到日上三竿时才出海捕鱼。他对自己的要求不高，每天打满一网鱼后，他就返身上岸，躺在礁石上悠闲地晒着太阳。终于有一天，面对懒洋洋地享受"日光浴"的渔夫乙，渔夫甲忍不住开口了："你怎么天天都在晒太阳，就不能多花点时间打鱼吗？"渔夫乙漫不经心地问道："多打鱼干什么？""那样就可以多赚钱啊。""然后呢？""就可以买更大的渔船。""然后呢？""就可以打更多的鱼。""然后呢？""就可以赚更多的钱。""然后呢？""就可以雇人打鱼了。""然后呢？""你就可以躺在礁石上晒太阳了。""我现在不就在晒太阳吗？"渔夫乙得意扬扬地反问道。渔夫甲叹口气，摇摇头走开了。

一

30年后。晴朗的阳光下，渔夫甲悠闲地躺在礁石上，享受着温暖的阳光。历经几十年的打拼，渔夫甲的小渔船早就变成了一支远洋船队，同时，他还创立了一家大型的海产品加工集团，盈利甚丰。每一天，当他一身轻松地躺在礁石上享受阳光时，大量的利润源源不断地流进他的个人账户里。在渔夫甲晒着太阳时，渔夫乙哪里去了？原来，多年前，一场风暴降临到大海上，不要说出海捕鱼，就连渔夫在岸边稍站一下，滔天巨浪就足以将他吞没。不能打鱼就没有收入，日子怎么过下去呢？渔夫甲对此并不担心，多年的辛勤劳作，使他家存粮甚丰，即使风浪肆虐，他也衣食无忧。与此同时，渔夫乙的日子就变得异常艰难了。在勉强熬过三天后，渔夫乙的家里彻底断了炊。他只能忍饥挨饿，盼望风浪早一点平息。但不幸的是，那场风暴足足持续了半个月。等到风平浪静渔夫甲重新出海时，渔夫乙已被饿死了。

二

30年后。晴朗的阳光下，渔夫乙悠闲地躺在礁石上，享受着温暖的阳光。从年轻时起，他每天打满一网鱼后，就返身上岸，来晒太阳。几十年来，大海一直风平浪静，每一天下海后，他都可以轻松地打满一网鱼，然后上岸享受自己的“日光浴”。当渔夫乙晒着太阳时，渔夫甲哪里去了呢？原来，几十年来，渔夫甲一直拼命苦干，总是披星戴月地在海上捕鱼。时光流逝，他的事业越做越大，一只小渔船成功地变成了一支远洋船队。可多年的打拼，却让渔夫甲积劳成疾一病不起，最终英年早逝。

三

30年后。晴朗的阳光下，辽阔的沙滩上空无一人，渔夫甲与渔夫乙哪里去了呢？原来，几十年来，渔夫甲一直拼命苦干，他的事业也不断壮大，先是将小渔船变成了远洋船队，后来又创立了一家大型的海产品加工集团。就在他准备安心地躺在礁石上晒晒太阳时，不幸发生了，多年的操劳令他的脑溢血突然发作，虽经医院全力抢救活了下来，他却成了一个植物人。每一天，他只能躺在自己的豪华别墅里，接受别人的照料。到礁石上晒晒太阳，成了他永远不能实现的一个梦想。再说渔夫乙，随着岁月流逝，他的体力越来越差；再加上生态环境的恶化，浅海里的鱼也越来越少，为了打满一网鱼，他不得不黎明即起，驾船赶往深海。待他打满一网鱼返航归家时，已是星光满天了。礁石一直立在岸边，可渔夫乙，再也没有时间躺在上面晒晒太阳了。

四

30年后。晴朗的阳光下，渔夫甲与渔夫乙躺在礁石上，边晒太阳边聊天。他们，是从何时成了朋友的呢？原来，多年前，一场风暴降临海上，就在渔夫乙饿得奄奄一息时，渔夫甲向他伸出援手，将家里的存粮分了一半给他。风暴过后，渔夫乙接受渔夫甲的劝说，每天黎明即起与渔夫甲一起出海，一起打鱼。同时，渔夫甲也接受了渔夫乙的劝说，每出海六天就休息一天，和渔夫乙一起躺在礁石上晒晒太阳。几十年的辛勤劳作之下，渔夫甲与渔夫乙携手合作，将两只小渔船变成了一支远洋船队，同时还创立了一家大型的海产品加工集团。在一切稳定之后，渔夫甲与渔夫乙将船队与集团交给别人打理，他俩安心地躺在礁石上晒着太阳。

其实，现实生活中，关于渔夫甲与渔夫乙的结局，还有很多很多……

你和我，只隔六步

1967年，当时是哈佛大学心理学教授的米尔格兰姆随便招募了300多名志愿者，请他们邮寄一个信函，目的地是米尔格兰姆指定的一位住在波士顿的股票经纪人。米尔格兰姆相信，很难有人直接将信函寄到目的地，因此，他就让志愿者把信函发送给他们认为最有可能与目标建立联系的亲友，并要求每一个转寄信函的人都回发一个信件给米尔格兰姆本人。出人意料的是，有60多封信最终到达了目标股票经纪人手中，并且这些信函经过的中间人的数目平均只有5个人，也就是说，陌生人之间建立联系的最远距离是6个人。

1967年5月，米尔格兰姆在《今日心理学》杂志上发表了实验结果，并提出了著名的“六度分离”理论。理论认为，虽然世界很大，但是如果将每个人的人际关系网考虑进去，人与人的距离其实很小。该理论声称，只需六步，就能将彼此毫不相关的两个人以某种方式联系到一起。

为了证实“六度分离”理论的可行性，微软公司的研究人员进行了实验。他们随意挑选了2006年的某一月，记录下当月所有通过微软网络发送短信的用户地址，分析了300多亿条地址信息，最终统计得出，多达78%的用户仅通过发送平均6.6条短信，或者说通过6.6步，就可以和一个陌生人建立联系。

从“六度分离”理论来看，在这个世界上，根本就不存在毫不相干的两个人，即使是分处南北极的两个人，彼此间的距离也不过六步而已。如此看来，世界上发生的一切，都与我们每个人息息相关。即使是遥远地区的一个无名乞丐，他的命运也和我有着千丝万缕的联系；反过来也一样，哪怕我身处最偏远的荒漠，我的命运也与世界紧密相连。

那么，陌生的你，当你得知我在沙漠里干渴难忍，在雪地里饥饿难耐，在绝望的深渊里苦苦挣扎时，请你不要漠然地走开。请你，停下匆促的脚步，给我一杯清凉的水，给我一碗滚烫的饭，给我一双有力的手。陌生的你，我之所以这样请求你，只为你与我，只隔六步。事实上，我的命运，也就是你的命运。

创造自己的传奇

在北京奥运会上，最让我敬重的运动员，不是狂揽八金的菲尔普斯，而是纳塔莉·迪图瓦。那一天，当她结束女子10公里水上马拉松的比赛爬到岸上时，我简直惊呆了——她，竟然是个残疾人。众所周知，北京奥运会是为健全人举办的，而水上马拉松，又是一个极其残酷的项目，对参赛运动员的体能、技术、意志、心理等各个方面都有着严格的要求，就连一个健全人，想要完成比赛，都绝非易事，更何况一个残疾人呢？但纳塔莉·迪图瓦不仅顺利地游完全程，还取得第16名的好成绩。

24岁的纳塔莉·迪图瓦是南非的运动健将，早在14岁时，她就代表南非前往马来西亚参加了英联邦运动会。在她17岁的那一年，灾难从天而降。一天早晨，骑着摩托车外出的她不幸遭遇车祸。七天之后，她终于从昏迷中醒了过来，发现自己左腿膝盖以下部分的肢体不见了。面对残酷的现实，纳塔莉·迪图瓦没有抱怨，没有沮丧，更没有绝望，她勇敢地振作起来，直面人生困境。谈及当时的心境，她这样说道："我那晚清楚地听到游泳池在召唤着我回来，生命女神在召唤着我回来，我就想好好回到正常生活里，每天仍然在泳池里游上四小时。"

果然，手术三个月后的一天，纳塔莉·迪图瓦就重新跳进了泳池里，不过，在游了25米以后，她已是筋疲力尽。这次短暂的水中之旅，让她发觉自己能够使上力的泳姿和以前不一样了，在左腿截肢之后，自由泳成了最适合她的项目。

很快，纳塔莉·迪图瓦就出现在残疾人运动会短距离游泳比赛的泳道里。紧接着，她和健全人一起参加了800米自由泳的竞争，并在2002年的英联邦运动会上闯入决赛。后来，她又转而专攻10公里水上马拉松项目，最终取得了北京奥运会的参赛资格。

在北京奥运会上，尽管纳塔莉·迪图瓦未能夺取奖牌，但她的自信、乐观、勇敢与坚韧，打动了所有的观众。在比赛终点，观众将热烈的掌声与欢呼送给了她。所有人相信，她是北京奥运会上真正的英雄。就这样，纳塔莉·迪图瓦用行动，创造了自己的人生传奇。

在人生的赛场上，并非每一个人都能夺取金牌，但只要全力以赴勇往直前，每一个人，都能创造出独属于自己的传奇。

深圳第一课

十多年前，我去了深圳。在朋友家安顿下来后，我开始为工作而奔波。

每天一大早，起床后我就直奔楼下的报摊，买一份当天的《深圳特区报》，浏览一番上面的招聘启事后，再乘车奔向人才大市场——所有的招聘单位都在那儿摆摊设点。在拥挤的人群里，我不断地投递简历，寻找属于自己的机会……

三天后，我接到了一家物流公司的电话，要求我第二天下午前去考试。那是一家口碑甚佳的港资企业，不只薪水丰厚，员工还拥有多种上升通道。这样的好公司，我当然要全力以赴。

第二天，我准时赶到公司，坐到了考场里。试卷并不难，我很快就答完了。不久，结果出来了，我以第一名的成绩通过初试，进入复试。

复试还是笔试，只是试卷的容量与难度比初试有了很大的提高，但我依然顺利答完，按时交卷。在近百人的复试中，我的成绩，仍是第一。

接下来，是新一轮的考试——心理测试。心理测试的题目相当多，涉及有关心理的方方面面。逐一回答后，我交卷走出考场。考场外，公司新的通知已经贴了出来，两天之后，公司将用电话告知每一位求职者应聘结果。

忐忑不安中，两天终于熬了过去，我等到了公司的电话。电话里，是一个温柔的女声，在问清我的名字后，她如此说道："很抱歉通知您,心理测试显示您缺乏自信,不适合在本公司工作,真是非常遗憾,祝您找到更好的工作。”尽管她的措辞客气而婉转,但听在我的耳里,却是那样的残酷。当时正是盛夏,热气一阵阵从窗口涌来,可我,只感到周身冰冷。我实在没想到,我在深圳的第一次应聘,竟然以这样的方式结束了,不是败于我的学识与能力,而是败于我的心理。

连着几天的失望与沮丧之后,我终于冷静下来,开始反省自己的应聘经历。是啊,初到深圳,我的内心充满了茫然与畏惧,而我应聘的那家企业,更是让我充满了担忧。作为港企,广东话与英语是他们的通用语言,而我呢,英语说得结结巴巴,广东话更是一句不会,到时怎么办呢?而我内心的胆怯,必然在心理测试中暴露无遗。对于一个缺乏自信的人,对方自然会选择拒绝。是啊,一个连自己都不相信的人,别人怎么会相信她呢?又怎能放心将工作交给她呢?深圳,以冷酷的现实给我上了深刻的一堂课:自信,才是通向成功的第一步。想明白这一点,我对拒绝我的那家企业充满了感谢,正因为他们的拒绝,我才看到了自己的问题,才找到了一条改进的道路。其实,英语不好可以学,广东话不懂可以问,一切有什么好怕的呢?反省第一次的失败之后,我感到一种力量,在我的心底油然而生。

调整好心态后,我开始新一轮的奔波,重新又经历了一次次的考试。最终,在我到达深圳的第25天,我找到了一份工作,在一家外企做文员。

此后的岁月里,我换过不少工作,从文员到策划,从翻译到编辑……每当我面临职业生涯的挑战时,我都会想起初到深圳时的经历,然后,带着一颗自信的心,向前走去……

如今,十多年的时光过去了,可我依然记得深圳给我上的第一堂课,那一课,让我终身受益。

寻找最痴迷的那件事

米哈里教授是美国克莱蒙研究大学著名的心理学家，他曾对著名企业家、政治家、诺贝尔奖获得者、伟大的音乐家等众多的杰出人物进行过长期的跟踪调查。结果发现，这些人物在家庭背景、教育程度、智力水准等诸多方面有着很大的不同，但他们却有着明显的共同点，那就是他们对自己所从事的事业异常痴迷，甚至达到了一种忘我的境界。

芸芸众生，每个人都拥有独属于自己的天赋；而天赋，恰恰就隐藏在一个人最为痴迷的那件事上。对那些杰出人物来说，正因为痴迷自己的事业，他们才能最大限度地发挥出自己的潜能，最终攀上人生的顶峰。

在这个世界上，每个人都是一个小宇宙，内心拥有强大的能量。当一个人发自心底地喜爱自己所做的事情时，这颗心就会产生强大的推力，推动他(她)努力向前；相反地，若是一个人从骨子里厌倦自己所做的事情，这颗心同样会产生强大的阻力，让他(她)时时消极懈怠。对一个人来说，能否找到自己最为痴迷的那件事，可以说是人生成败的关键。

当年我读大学时，专业是机械设计与制造，毕业后，顺理成章地进了工厂，做了一名技术人员。但不幸的是，我从心里讨厌自己的工作，早上醒来一想到自己要去上班，就感到头疼不已。对于分配给我的工作，我总是拖了又拖，直到实在拖不过去了，才硬着头皮慢慢去做……这样的生活,让我感到异常的疲惫。在工厂混了四年后,我终于跳槽做了一名翻译。对于新的工作,我说不上喜欢,也说不上讨厌。按部就班地做了两年后,我再度厌倦了。

面对人生的困境,我一直不断地问自己:这一生,自己最想做的事情到底是什么呢?

在长久的思索之后,答案渐渐地浮出了水面——写作。是的,多年来,我一直酷爱写作,无论生活多么忙碌多么艰辛,我始终不曾放下手中的那支笔,每当我完成一篇文章时,内心总是感到异常的充实与欣喜。既然我如此痴迷写作,为什么不将写作当作自己的职业呢?

终于,在我29岁那年,我痛下决心:辞职,去做一名自由撰稿人。而当我真的在电脑前坐定,将心中的感想化作屏幕上的文字时,我感到久违的激情自我的心底喷涌而出。我第一次发现,工作不仅不是负担,反而是一种享受,是的,真的是享受,为了这样的工作,付出多少辛劳我都心甘情愿。有一天晚上九点,我开始写一篇文章,那是一篇长达8000余字的小说,一直写到凌晨四点多方才结束。漫长的七个多小时里,我一直坐在电脑前,实在累时,就闭上眼睛靠在椅背上休息一会。当屏幕上出现最后一个句号时,我已是筋疲力尽,但我的心里,却感到异常的骄傲与痛快。至于平时,无论是洗衣做饭,还是闲逛休息,我都会在脑子里想着自己的文章:如何谋篇布局,如何起承转合,如何遣词造句……写作之余,我更是抓住生活中的点滴时间来读书,哪怕是在车站等车,我的手中都会带本书……

一年年过去了,我的文章越写越多,也越写越好,至于稿费,更是远远超过了当时的工资。更重要的是,无论自己写得多累,心里永远都是欣喜的、踏实的……

人的一生，就是寻找。我很庆幸，在自己年轻的时候，找到了自己最为痴迷的那件事，选定了自己的人生之路。而我，会一直沿着这条路走下去，直至走到人生的顶峰。

心中深怀善意

心理学家曾经做过这样一个实验。实验人员安排两组被试者给同一位女士打电话。他们对第一组人员说，对方是个冷酷、呆板、枯躁、乏味的女人；而对第二组人员，他们却说对方是个热情、活泼、开朗、有趣的女人。

实验的结果是，第一组人员很难与那位女士顺利地深谈下去，而第二组人员与那位女士的交谈却非常投机，通话时间也比第一组长得多。

明明是与同一位女士通话，为什么会有迥然不同的结果呢？从实验中不难看出，对实验起决定作用的，正是被试者心中对那位女士的主观看法。不同的看法决定了不同的态度，不同的态度带来了不同的结果。可以想象，一个冷酷、呆板、枯躁、乏味的女人，简直令人望而生畏甚至望而生厌，和这样的女人能有什么好聊的呢？相反，一位热情、活泼、开朗、有趣的女人，当然是理想的聊天对象了，和她有什么话题不能聊呢？

通过这个实验，我们可以清楚地看到人际关系中的互动作用。当我们在心里认定对方是个热情友善的人时，我们就会用真诚友好的态度去对待他(她)，而我们的真诚友好，同样会得到对方的呼应。相反地，如果我们在心底认定对方是个冷酷刻薄之人时，我们就会不自觉地用恶劣的态度去对待他(她)，而我们收获的，自然也是对方的敌意。可以说，我们对一个人的看法，最终决定了他(她)对我们的态度。事实也正像心理学家说的那样：谁把别人想象为天使，谁就会遇到天使；谁把别人想象为魔鬼，谁就会遇到魔鬼。

既然如此，当我们行走在熙熙攘攘的人群中时，就让我们在心里假设，假设迎面而来的每一个人都是真诚善良的、都是热情友好的——每一个人，都值得我们用真诚的笑容去面对。

而我相信，当我们怀着深切的善意去面对别人时，我们必能从别人那里收获到更多的回报。

为生活设定目标

唐太宗贞观年间，长安城西的一家磨坊里，有一匹马和一头驴子。它们是好朋友，马在外面拉东西，驴子在屋里推磨。贞观三年，这匹马被玄奘大师选中，出发经西域前往印度取经。

17年后，这匹马驮着佛经回到长安。它重到磨坊会见驴子朋友。老马谈起这次旅途的经历：浩瀚无边的沙漠，高入云霄的山岭，岭峰的冰雪，热海的波澜……那些神话般的境界，使驴子听了大为惊异。驴子惊叹道："你有多么丰富的见闻呀！那么遥远的道路，我连想都不敢想。""其实，"老马说，"我们跨过的距离是大体相等的，当我向西域前进的时候，你一步也没停止。不同的是，我同玄奘大师有一个遥远的目标，按照始终如一的方向前进，所以我们打开了一个广阔的世界。而你被蒙住了眼睛，一生就围着磨盘打转，所以永远也走不出这个狭隘的天地。"

这是一个简洁的寓言故事，但我们从中却能看到一些生活的本质。研究表明，芸芸众生中，真正的天才与白痴都是极少数，绝大多数人的智力都相差不多。然而，这些人在走过漫长的人生之路后，有的功盖天下，有的却碌碌无为。这本是智力相近的一群人，为何他们的成就却有天壤之别呢？卡耐基的一份调查或许能够说明问题。

卡耐基对世界上一万个不同种族、年龄与性别的人进行过一次关于人生目标的调查。他发现，只有3%的人能够明确目标，并知道怎样把目标落实；而另外97%的人，要么根本没有目标，要么目标不明确，要么不知道怎样去实现目标……10年后，他对上述对象再一次进行调查，结果令他吃惊：调查样本总量的5%找不到了，95%的人还在；属于原来97%范围内的人，除了年龄增长10岁以外，在生活、工作、个人成就上几乎没有太大的起色，还是那么普通与平庸；而原来与众不同的3%，却在各自的领域里都取得了相当的成功，他们10年前提出的目标，都不同程度得以实现，并正在按原定的人生目标走下去。

卡耐基的结论同样令我们震惊。原来，杰出人士与平庸之辈最根本的差别，并不在于天赋，也不在于机遇，而在于有无人生的目标，就像那匹老马与驴子，当老马始终如一的向西天前进时，驴子只是围着磨盘打转。尽管驴子一生所跨出的步子与老马相差无几，可因为缺乏目标，它的一生始终走不出那个狭隘的天地。生活的道理同样如此。对于没有目标的人来说，岁月的流逝只意味着年龄的增长，平庸的他们只能日复一日地重复自己。

也许，我们曾不满自己的平庸；也许，我们曾抱怨过生活的无聊；然而，当我们在心中为自己设定目标并持之以恒地向前迈进时，我们的生活也就掀开了新的一页。

将优秀当成一种习惯

2010年8月19日，位于四川广汉境内的石亭江，连日暴雨。在小汉镇，洪水流量达到每秒1700立方米。滔天浊浪卷起翻滚的泥石，冲击着全长257米的宝成铁路石亭江大桥。在洪水不停的冲击下，不少石墩开始松动……

下午3点14分，从西安开往昆明的K165次列车，以88公里/小时的速度驶近石亭江大桥。因为看不到前方奔腾的洪水以及洪水中已经受损的桥墩，司机曹继敏以为前方一切正常，但当机车一轧上大桥，曹继敏就感觉情况不妙。对于石亭江大桥，曹继敏非常熟悉，往常列车一上大桥，只会感觉被轻轻地甩一小下，可那天一上大桥，他就感觉到一种连续的晃动，而且频率很高，左右摇摆，而在平时，大桥根本不会晃动的。刹那间，经验丰富的曹继敏明白过来，大桥出问题了。下意识地，他立刻采取紧急制动措施，迅速刹车。伴着刺耳的摩擦声，列车带着巨大的惯性向前冲去，在冲了382米后停了下来。整个过程，不足一分钟。

车停下后，曹继敏立即通过车载电话联系车尾的运转车长，然后，拿起便携小电台下车。在安排好工作人员疏散乘客后，他开始检查列车状况。当时的18节车厢中，前面8节车厢已经随着车头冲过桥面，最后两节还没上桥，当中的8节在桥面上。经过进一步的查看后得知，已有不少车厢脱轨了。检查完后，曹继敏立刻拿起工具，在火车头车轮下打铁线，将列车固定住。这项防护防溜工作，在出事的时候尤其重要。

待到一切安排妥当后，曹继敏用无线电通知成都铁路局，报告了事故的现场情况和损失情况。接着，曹继敏和其他乘务人员一起，继续疏散旅客。在他们的努力下，全部1318名乘客安全疏散出来，只有3名旅客受了轻伤。疏散刚完，15号、16号车厢就相继落入江中。

面对严重受损的大桥，曹继敏采取果断措施，挽救了全车所有人的生命。这一成果，堪称奇迹。事后，对于曹继敏的举动，也有人提出不同意见，认为他当时应当加速冲过大桥。对此说法，成都铁路局成都机务段党委书记黄国华进行了反驳。黄国华说，一列火车，车头重138吨，车厢重47吨，合在一起整列火车就有1000多吨。这样的列车在部分桥墩倒塌的情况下高速过桥，车轮会对铁轨和桥梁造成巨大压力，引起铁轨的进一步变形。如此一来，运行中的列车车体晃动更加剧烈，很有可能翻入奔腾的河水中。如果司机没有紧急刹车，而是狠下心来加速冲过去，大桥很可能承受不起列车高速行驶带来的压力，桥墩和桥面会相继出现垮塌，列车会从断桥处形成“V”字形滑入江中，或者没有冲过断桥的车厢把整列火车拖入江水中。如此一来，后果可想而知。事实上，正因为有了曹继敏的紧急刹车，才有了奇迹的发生。否则，即使延误一秒钟，情况也不容乐观。

面对曹继敏创造的奇迹，外人很是震惊，但他的同事，却丝毫也不感到意外，因为曹继敏本来就是一个非常优秀的火车司机。他对火车的热爱，早就到了痴迷的程度，他所看的书，都是与铁路有关的；他所参加的培训，也都是火车驾驶方面的。更为重要的是，曹继敏是一个将优秀当成习惯的司机。无论何时，只要一上火车，他就要求自己的每一个动作都准确到位，每一个判断都正确无误。哪怕当时只是演习，他也是如此。天长日久的磨砺之下，只要一上火车，曹继敏就能保持一种非常优秀的状态，无论面对何种突发事件，他都能从容面对。山体松动、洪水泛滥、沙尘暴袭击……所有的突发事件，曹继敏都能够沉着面对，正确处理，从未出现过任何失误。正因为将优秀当成一种习惯，曹继敏才能在石亭江大桥摇晃不已的情况下，迅速作出准确判断，采取正确措施，最终挽救了所有人的生命。

对大多数人来说，优秀往往是一种目标，而不是习惯。一旦目标实现，对自己的要求就会放松，不知不觉中重新沦为平庸。只有那些极其出色的人，才会对自己一直高标准严要求，直到优秀成为自己的习惯，而这样的习惯，无意之中就会创造奇迹。事实上，无论是谁，若是将优秀当成一种习惯，他/她就会时刻拥有准确的判断能力以及正确的处理能力，这种能力足以帮助他/她冷静面对所有的灾难，然后运用最佳方式化解灾难。同时，习惯还会成为一种强大的力量，推动他/她不断地向前走去，最终创造出非凡的业绩。

珍视你所拥有的

因为家贫，16岁的少年已辍学打工。

一天，他在工厂的三楼干活，接传楼下工友递上来的钢管。突然，钢管触碰到阳台上的三根高压电线，顿时，火花四溅，他当即被电成了一个“炭人”。

他被紧急送进了医院进行截肢手术。手术后，他浑身无力，说不出话，只觉得口干舌燥，看见床边的桌上放着一杯水，便本能地想伸手去拿，但，手没了。直到那一刻他才清醒地意识到，这场灾难使他失去了双手和右小腿，后来，他的一只眼睛也因受创而失明。

出院后，在那个一贫如洗的家中，母亲如照料婴儿一般照料他，一日三餐先将他喂饱后自己再吃些剩饭残汤。为了减轻母亲的负担，也为了自己日后的生活，他苦苦思索，终于发明了一套能够自己进食的用具。那是一个螺旋状的中空铁环，在铁环的尾端，缠上活动的套子，再将一把汤匙的末稍焊弯成L形锥状物。等到要吃饭时，他将螺旋状的铁环套在右手残存的短臂上，再把特制的汤匙插进铁环末端的套子里，这成了他的专用餐具。

以此为契机，他又陆续发明了许多类似的用具，帮助自己饮水、入厕、洗澡……他克服了常人难以想象的困难，逐步做到了生活自理。

然而，真正令他痛苦的还是以后的路到底该怎么走。难道真的要父母照顾一辈子？或者像别人建议的那样，每天到夜市上一坐，在自己的面前放一只空碗,等待别人的施舍?

倔犟的少年怎么甘心如此窝囊地度过一生?

很偶然,在家做作业的小妹触动了他。是否一个人没有了手,就一辈子再不能写字了?他的答案是否定的,因为他还有嘴巴。

于是,他咬着笔,费力地写下自己的名字,三个字黏在一起,东倒西歪的。而含在牙齿与舌头之间的笔,好像松了螺丝的老虎钳,怎么也把握不稳。

尽管如此,他还是为自己跨出的第一步高兴。此后一有时间,他便不断地练习写字,嘴里被铅笔戳出一个个血泡,但他绝不放弃。当字越写越小越写越端正时,他大声对自己说:“天底下最棘手的事,都不是用手完成的。”

笔“拿”稳后,一个更强烈的愿望油然而生,那就是画画,这是他与生俱来的爱好。可穷到极点的家哪里还有财力来支持他呢?不过他自有办法。他把在外做工的哥哥偶尔给他的零花钱全都积攒起来,然后买来铅笔和白纸,认真地画,认真地描。嘴里的笔,成了他最亲密的伙伴。一张又一张白纸画满了,一年又一年时光过去了……

失去双臂之后,嘴巴变成他最得力的助手,而他必须付出的代价是,口腔从此溃疡不断,布满了大大小小的血泡。

后来,他听说著名画家吴炫三先生在美术学院开课,就千方百计地找到他,请求跟先生学画。吴先生被他的诚意深深感动,同意他来听课。那一刻,他欣喜若狂。

于是,他开始每天拖着几公斤重的假肢花两个多小时赶到学校上课,风雨无阻。

为了提高自己的文化水平,24岁的他选择去读初中补习学校。他极其珍惜来之不易的学习机会,终日埋首于书桌与画架前为此,他每天只能睡四五个小时。

三年后，他考进了台北著名的建中补习学校。入学后的第一次考试，他是倒数第三名，而第二月的月考，他的成绩就变成了正数第三。

与此同时，他的画艺越来越精，不断提高的文化素养，又为他的画作增添了深厚的内涵。在他不懈的努力下、在师友的帮助下，他成功地举办了自己的个人画展，并于1985年加入了国际口足画艺协会。这个协会的会员们利用自己绘制的图画制成卡片或挂历，销售到世界的每一个角落，绘画者都能拥有一份稳定的收入。这就意味着，他从此开始走上了真正独立的生活之路……

1996年，他被评选为台湾“十大杰出青年”。

2002年，他的自传《我是谢坤山》出版，当即引起轰动；此后不久，世界发行量最大的美国《读者文摘》，在对文中提到的数十位人物逐一核实采访后，准备用19种语言版本向全世界推出……

谢坤山的经历震撼了许多人，多少年来，我常问自己：决定人一生的到底是什么？是出身吗？是机遇吗？是天赋吗？我说不清楚，然而，谢坤山的经历却让我豁然开朗——漫长的人生历程中，真正起决定作用的是人生态度。

正是凭借这种自信豁达永远向上的人生态度，谢坤山超越了一个又一个难以逾越的障碍，最终创造了生命的奇迹。

投资自己

十年前，小柯背起行囊去了深圳，行囊里，有一张专科毕业证书。

在朋友的家里安定下来后，小柯就带上深圳地图直奔人才大市场。一到人才大市场，小柯就惊呆了，生平第一次，她看到了那么稠密的人群，如春日田野上的青草，密密地挤在一起。想都没想，小柯一头挤入人群，如一滴水，挤入大海。

接下来的日子里，小柯忙着看广告，选单位，投简历，去面试……为了一份工作，小柯到处奔波，从沙头角到南山，从银湖到西丽，小柯的足迹几乎踏遍了深圳的每一个角落。

终于，在到达深圳的第28天，小柯接到了一份录用通知，担任一家印刷公司的总经理秘书，月薪1800元。

对自己在深圳的第一份工作，小柯分外珍惜。每一天，她都用心去做自己的事情：接电话、发传真、订外卖、印资料……所有份内的事情，小柯全都打理得井井有条。

三个月后，小柯顺利地通过了试用期，她的心情，随之轻松下来。下班之后，她开始和同事一起，去逛逛夜市泡泡酒吧，或者去影院里坐坐。如果不是后来的一场风波，小柯大概会一直继续这样的生活。

那一天小柯上班不久，公司的一位老客户陈先生来访。像以前一样，小柯接待了他，将他引进总经理的办公室并为他倒杯水后，小柯就退了出去。

半个小时后，总经理笑容可掬地将陈先生送出了公司。返身回来，总经理却面若寒霜，指着小柯大骂不已：“一条狗还知道看家呢，你这个秘书有什么用，连个客户都打发不了……”劈头盖脸的一顿痛骂，将小柯整个骂懵了，她的泪，怎么也忍不住……后来，还是一位好心的同事私下里告诉她，陈先生已经退休了，总经理根本就不想见他……

就在那一天，小柯作出了跳槽的决定。下班之后，小柯不再出去闲逛，而是为自己报了两个培训班，一个是英语口语，另一个是广东话。从那以后，小柯的业余时间，全都花在两种口语上。

半年之后，小柯看中了一则港资企业的招聘广告，她便投出了自己的简历。经过一系列的笔试之后，小柯收到了面试通知。面试是由老总主持的，用英语及广东话交替进行，小柯沉着应对，每一个问题都答得圆满。不久，小柯就成了新公司的一名业务员，月薪为3500元。

新公司主营船运代理，作为业务员，小柯的主要任务就是为货物安排航线，使其在最短时间内抵达目的港。面对陌生的领域，小柯痛下工夫，将所有的港口及航线背得滚瓜烂熟。很快地，小柯的业务就从生疏变得娴熟，任何一批货物到了她手上，她都能够及时安排出一条既经济又快捷的航线。渐渐地，小柯的表现，引起了上司的注意。

一年之后，公司成立了一个旨在开拓国内业务的揽货部，小柯成了部长。她的月薪，变成了6000元。升为部长的小柯更加忙碌，要推广公司，要拜访客户，要签订合同……她的努力，自然也收到回报，公司在国内的业务不断增长，而小柯的薪水也不断上涨……

小柯在这家公司里做了六年，她的月薪早就突破了五位数。其间，她恋爱，结婚，做了一个男孩的母亲。孩子上幼儿园的那一年，恰逢香港科技大学的MBA班在深圳招生，小柯当即报名，并顺利通过了考试。此后的两年里，小柯再无休息日。每周六、周日，小柯风雨无阻前去上课。MBA的所有课程，都采用全英文授课，一些冷僻的专业词汇，小柯初时听得稀里糊涂。为了尽快掌握课堂内容，小柯带了一支录音笔，将老师的讲课内容悉数录下，回家后反复去听……

两年之后，小柯从MBA班顺利毕业。当时正好有一家国际著名的船代公司，准备在深圳成立分公司。他们通过猎头找到小柯，请她担任新公司的经理。在经过一系列的考察之后，小柯走马上任，她的年薪为40万元……

这些年来，国内的投资热一浪高过一浪，从房产热到基金热再到股票热，小柯始终不为所动。她总爱说，人生最有价值的投资，就是投资自己，她是这样说的，也是这样做的。而她自身的经历，也证明她的投资获得了巨大的回报。

勇气助你成功

1964年6月的一天，我国正在戈壁滩上进行第一颗中近程火箭的试验发射。由于天气炎热，推进剂的温度过高，密度随之变小，总重量也就变小了。经过计算，火箭的射程不够，达不到落区，整个的测量设备都不能工作，发射工作因此受阻。

为了解决这个问题，许多专家都考虑到多加推进剂，但由于燃料贮箱有限，推进剂实际加不进去了。就在大家绞尽脑汁想办法时，一个高个子年轻人站起来说："火箭发射时推进剂温度过高，密度就要变小，发动机的节流特性也要随之变化，经过计算，要是从火箭体内泄出六百公斤燃料，这枚火箭就会命中目标。"大家的目光一下子聚集在年轻人的脸上，他就是在座军衔最低的一名中尉。面对年轻人的建议，立刻就有人进行反驳："本来火箭射程就不够，你还要往外泄？"于是，再没有人理睬他。

中尉没有放弃自己的主张，他想起了坐镇酒泉发射场的技术总指挥钱学森。临射前，他鼓起勇气走进钱学森的宿舍。在耐心细致地倾听中尉的解释之后，钱学森决定采纳他的建议。果然，火箭泄出一些推进剂后，射程变远了，连打三发，发发命中目标。而这一颗中近程火箭的成功发射，标志着中国运载火箭取得了关键性的突破。

那名年轻的中尉就是王永志，后来的中国载人航天工程总设计师、中国工程院院士、国际宇航科学院院士、俄罗斯宇航科学院外籍院士、2003年度国家最高科学技术奖得主。

王永志的成功，固然得益于多个方面：个人的天赋与努力，师长的指点与提携等，但他过人的勇气却是走向成功不可或缺的一环。可以说，正是他所拥有的非凡的勇气，才使他从强手如林的科技人员中脱颖而出，从而登上了一个尽情施展才华的历史舞台。面对火箭发射现场的权威们，年轻的中尉若是不敢提出自己的建议、不敢坚持自己的见解，他的一生，或许就会黯然失色。

而在这个世界上，又有多少才华出众的人因为缺乏勇气而最终平庸一生啊！

传说，从前有一个国王，有一天他把大臣们带到全国最大最重的大门前，问有谁能够打开它。众所周知，那扇门从来就没有打开过。于是，一些人摇摇头，觉得根本不可能打开它；另外一些人走到门前，装模作样地看了看，便连说"打不开，打不开"。过了很长时间，一个年轻的大臣走到门前，用力一推，门就豁然大开了。原来，那扇门根本就没有锁！

尽管这只是一个传说，但它何尝不是现实生活的真实写照呢？面对生活中一扇又一扇看似厚实而沉重的大门，多少人首先在心底否定了自己，连尝试的勇气也没有了。而一旦缺乏勇气，再出众的才华也失去了用武之地。正如德国伟大的诗人歌德所说："你若失去财富，你只失去了一点；你若失去名誉，你就失去了很多；你若失去勇气，你就失去了一切。"

漫长的人生中，我们将会面对一扇又一扇的生活之门：求学之路上坚实的门，求职之路上厚重的门，求爱之路上冷漠的门……这些紧闭的大门与其说是在挑战我们的才华，不如说是挑战我们的勇气。当我们最终勇敢地走上前去，便会发现凭借着自己的智慧与力量，我们足以打开任何一扇想开的大门，但前提在于，我们要有足够的勇气伸出自己的手。

如果说才华是一粒火种，那么勇气便是助它充分燃烧的氧，源源不断的氧气，将会使一粒原本很微弱的火种越烧越旺。而熊熊燃烧的大火，足以烧掉成功之路上所有的障碍物，使人最终顺利抵达成功的目的地。

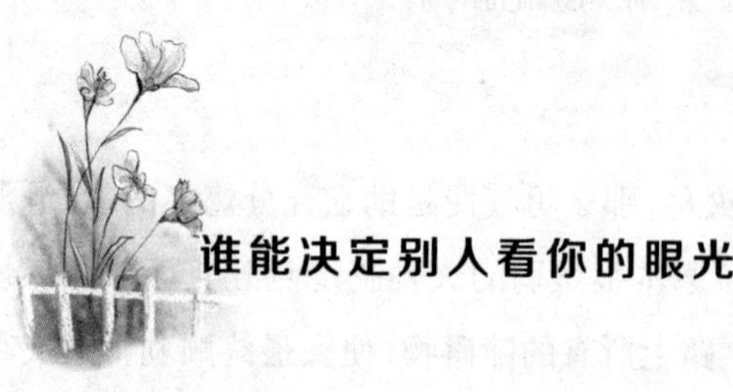

谁能决定别人看你的眼光

美国某大学的科研人员进行过一项有趣的心理学实验,名曰“伤痕实验”。他们向参与其中的志愿者宣称,该实验旨在观察人们对身体有缺陷的陌生人作何反应,尤其是面部有伤痕的人。

每位志愿者都被安排在没有镜子的小房间里,由好莱坞的专业化妆师在其左脸做出一道血肉模糊、触目惊心的伤痕。志愿者被允许用一面小镜子照照化妆的效果后,镜子就被拿走了。

最为关键的是最后一步,化妆师表示需要在伤痕表面再涂一层粉末,以防止它被误擦掉。实际上,化妆师用纸巾偷偷抹掉了化妆的痕迹。

对此毫不知情的志愿者被派往各医院的候诊室,他们的任务就是观察人们对其面部伤痕的反应。

规定的时间到了,返回的志愿者竟无一例外地叙述了相同的感受——人们对他们比以往更加粗鲁无理、不友好,而且总是盯着他们的脸看!

可实际上,他们的脸上与往常并无二致,什么也没有。他们之所以得出那样的结论,看来是错误的自我认知影响了他们的判断。

这真是一个发人深省的实验。原来,一个人在内心怎样看待自己,在外界就能感受到怎样的眼光。同时,这个实验也从一个侧面验证了一句西方格言:“别人是以你看待自己的方式看待你。”不是吗?一个从容的人,感受到的多是平和的眼光;一个自卑的人,感受到的多是歧视的眼光；一个和善的人，感受到的多是友好的眼光；一个叛逆的人，感受到的多是挑衅的眼光……可以说，有什么样的内心世界，就有什么样的外界眼光。

如此看来，一个人若是长期抱怨自己的处境冷漠、不公、缺少阳光，那就说明，真正出问题的，正是他（她）的内心世界，是他（她）对自我的认知出了偏差。这个时候，需要改变的，正是自己的内心；而内心的世界一旦改善，身外的处境必然随之好转。毕竟，在这个世界上，只有你自己，才能决定别人看你的眼光。

谁能遮得住一缕阳光

18岁那年，高考落榜的他背起行囊，和村里的年轻人一起去城里打工。不是他不想再坐在教室里复读，而是他知道贫穷的家里再也拿不出钱来了。

在城里，他当过小工，发过广告单，送过桶装水，最后在一家餐馆里落下脚来，做了一名勤杂工。薪水虽然不高，但餐馆里负责食宿。

初入餐馆，他工作得非常努力，总是将地板拖得清清爽爽，将碗筷洗得干干净净。餐馆打烊后，他就回到自己简陋的住所里，翻出买来的自考教材，边看边做笔记。见他天天埋头苦干，就有同事笑话他："你干得再卖力又有什么用？老板又不会多发你一块钱。像咱们这样的打工仔，再努力也不会有什么出息的，还不如混一天算一天。"起初，他并未将同事的话放在心里，可听得多了，他的心渐渐地有了动摇。尤其是看到那些混日子的同事和他拿着一样的工资时，他的心慢慢地失衡了。对于工作，他开始敷衍了事，至于业余时间，他几乎全都泡在了网上，聊天、下棋、打游戏，他玩得完全忘记了自己……由于沉迷网络，他的精力越来越差，工作时屡屡出错，最终，老板解雇了他。羞愧之下，他索性背起行囊回到了老家。

在家里，他的消沉未能逃过父亲的眼睛，在听了他的一番诉说后，父亲将他带进一间小屋里。那是家里的储藏室，没有窗，只有两扇大门。一进屋，父亲就将大门关严，屋子里一片黑暗，只有一缕光透过墙上的小洞照了进来。

"来,你来试试,看看能不能把阳光给遮住。"父亲随意地说着。

这有什么难的呢?他奇怪地望着父亲,轻松地抬起了手,挡住了阳光。手掌下,是完全的黑暗。

"再看看你的手上。"父亲不动声色。

他抬头一看,果然发现阳光正在他的手背上灿烂呢。

那一刻,他忽然笑了,因为他明白,无论他采用什么办法,都是不可能遮住阳光的——他怎么可能达到太阳的高度呢?

"怎么样,遮不住吧?"父亲平静地说着,"你遮不住阳光,因为太阳在高处。你要是把自己的心也放在高处,谁能挡得住你的努力呢?"说完,父亲径直地出了屋门,留下他一个人在黑暗中发呆。

他怎么也没有想到,一向木讷的父亲、一辈子只与土地打交道的父亲,竟然能够说出如此睿智的一番话。是啊,如果他把心放在高处,谁能挡住他的努力呢?那一刻,他豁然开朗,既然自己一直就喜欢烹饪,为什么不能顺着这条路走下去呢?

重回城市后,他在另一家餐馆里当起了勤杂工,然后去一所烹饪学校里报了名。白天,他勤勤恳恳地工作;晚上,他认认真真地上课。白天,在餐馆里,在洗菜配菜的间隙,他用心留意厨师们的一招一式;晚上,在学校里,他不断地向老师请教疑点难点……

一年之后,他以最好的成绩从烹饪学校毕业了,随后,他跳槽去一家餐馆当起了厨师。在新的餐馆里,除了用心做好每一道菜,他还特别注重顾客的意见。他随身带着一个笔记本,随时将顾客的意见记录下来,然后对菜肴进行改善。下班之后,他最大的爱好就是看电视,看电视里的烹饪节目,边看,边在心里琢磨人家的刀功、火候、配料……

渐渐地,他的菜越做越好,在业内的名气也越来越大。不时地,会有别的餐馆向他伸出橄榄枝。当然了,为了留住他,老板也将他的薪水一涨再涨……

如今,28岁的他,已是一家知名酒楼的大厨,拿着五位数的月薪。每当酒楼里招进新员工时,他都会向他们讲述那一缕阳光的故事,而在最后,他常常这样说:“当你把自己的心放在高处时,那就没有人能够挡得住你的努力。”而他自身的经历,正是这句话的最好注解。

留下一路鲜花

「当局者迷，旁观者清」，这是很有哲理的一句话，但并不适用于认识自我。就「认识自我」而言，一个人能够依靠的，其实正是自己——自己最了解自己的天赋、自己最了解自己的才华、自己最了解自己的梦想……因此，无论何时，一个人都应当对自己抱有信心，能够沿着自己选定的道路一直走下去。

谁能为生命预言

九年前，英国剑桥郡的小姑娘蒂甘·利博斯切刚一出世，就被查出患有12种先天性心脏缺陷，不仅心脏上下颠倒，并且心脏还生在了错误的位置上。更奇怪的是，蒂甘天生就是个“缺心眼”，她的心脏比正常人少了一个心房，另外还有一个心室无法正常工作。除此之外，蒂甘天生没有肺膜瓣，没有脾脏，肝脏位置也和正常人相反。医生预言，蒂甘只有两周的生命。

然而，蒂甘顽强地活了下来，在接下来的几年里，蒂甘一共进行了17次手术。目前，这个九岁的小姑娘已回到家里，并开始学习走路、说话了，她的家人对她的健康更是充满了信心。

就这样，蒂甘以自己创造出来的奇迹，击破了医生的预言。

而在这个世界上，关于生命的预言，落空的还有很多。

爱因斯坦四岁才会说话，七岁才会认字，老师对他的评价是：反应迟钝、不合群，满脑不合实际的幻想。可众所周知的是，爱因斯坦后来成了伟大的物理学家。

彼得·丹尼尔小学四年级时常遭到级任老师菲利浦太太的责骂：“彼得，你功课不行，脑袋不行，将来别想有什么出息。”但就是这个彼得·丹尼尔，后来却买下了他当初经常打架闹事的街道，并且出了一本书《菲利浦太太，你错了》。

林清玄少年时曾因贪看一本埃及地图册，忘了给父亲烧洗澡水，结果恼火的父亲气得踢了他一脚骂道：“我保证你一辈子也到不了那么远的地方。”成年后的林清玄，第一次出国就去了埃及，并且坐在金字塔下为父亲写了一张明信片……

生命，本身就是一个奇迹，至于这个奇迹可以走多远，永远也没有人能够下一个准确的结论。只要生命还在，奇迹就在。

生命，无法预言。

留下一路鲜花

从村庄到邮局是一条极其荒凉的小路，除了飞扬的尘土，路旁一无所有。邮差每天都要走在那条路上，将邮局里的邮件取出来，然后送到村民们的手里。

日日走在尘土飞扬的路上，邮差的心里充满了遗憾。

有一天，邮差送信时正好路过一家花店，他便走了进去，买了一些野花的种子。接下来的日子里，邮差就带着种子上了路，一路走，一路将种子撒在道路两边。

几场雨水之后，路边开始有新芽萌出；不久，就有鲜花绽放，红的、黄的、白的、紫的……五彩缤纷的鲜花，美不胜收。对村民们来说，那一路的鲜花比邮差送来的任何一份邮件都更令他们开心。

许多年过去了，邮差离开了人间，但他种下的鲜花，却一年比一年茂盛。每每走在那条开满鲜花的道路上，村民们总会谈起，当年，是邮差撒下的花种……

邮差走了，可他种的鲜花却留了下来，留在了道路两边，留在了村民们的心里。

在这个世界上，每个人都是过客，都有告别人间的那一天。当一个人的身体离开这个世界后，他还有什么可以留在人间呢？权力吗？秦皇汉权可遮天，可本属于他们的玉玺却一再易主；财富吗？石崇王恺富可敌国，可属于他们的黄金白银早已不知所终；宫殿吗？当年的阿房宫，“覆压三百余里”，却被一场大火化为焦土……

而当尘世间显赫的一切都被雨打风吹去后，邮差种下的鲜花却年年盛开，随风送出馥郁的芬芳。那芬芳里，有绵绵不绝的爱、温暖与善良的情怀……

花儿尽情开

春天，最美的风景属于花儿。

看看吧，无论在小区内公园里还是田野上，到处都是勃然怒放的花儿：金柳条开一丛丛明亮的黄，玉兰花开一树树纯洁的白，桃花开一朵朵羞涩的红，樱花开一片片娇媚的粉……这些明媚鲜艳生机盎然的花儿，无疑是大地上的美丽风景。

所有盛开的花儿，都是从冬天里走过来的。刚刚过去的那个冬天，是如此的寒冷而漫长。风，一天猛于一天，不断地刮着；雪，一场大于一场，不停地下着。在狂风的肆虐之下，在积雪的威压之下，所有的花儿都保持着沉默，沉默中，它们坚持着，忍耐着，等待着……没有哪一种花儿，因为不堪严寒的折磨，而最终放弃自己的生命。

渐渐地，轻柔的风儿吹来了，细致的雨儿落下了，明媚的阳光开始终日不息地照耀着——春天，真的来了。

所有属于春天的花儿，都将积蓄了一冬的激情迸发出来了。它们含苞，它们吐蕾，它们尽情地绽放生命的欢颜——如锦，如霞，如燃烧的火焰……所有的花儿，单瓣的、复瓣的、娇小的、硕大的、淡雅的、艳丽的，全都在天地间纵情欢笑，它们的笑声传遍了大地的每一个角落。花儿有情，它们用自己的尽情开放，来回报苍天、回报大地、回报阳光雨露，回报生命中美好的一切。

所有的花儿都知道，凋谢是它们共同的结局，但没有哪一朵花儿，因此拒绝开放。是啊，只要尽情开过，便是无憾的一生。

人生何尝不是如此呢，死亡是所有人共同的命运，但只要痛快哭过、纵情笑过、倾心爱过、刻骨恨过，同样是无憾的一生。

漂流的玩具鸭

1992年，一家玩具工厂的货船从中国出发，打算穿越太平洋到美国华盛顿州的塔科马港。但是走了4000英里之后，货船在国际日期变更线附近的海洋上遇到猛烈风暴，一个装满了2.9万只黄色塑料玩具鸭的集装箱坠入大海并摔裂，令所有玩具鸭漂浮在海面上，形成一只庞大的“鸭子舰队”，从此随波逐流。

在最初的三年里，1.9万只鸭子完成了6800英里的太平洋副热带环流——一个围绕太平洋边缘旋转的洋流，沿途经过印度尼西亚、澳大利亚、南美洲和夏威夷等地洋面，平均每天漂流7英里。

但是，另一批大约1万只鸭子被甩出了洋流向北漂去。1993年，当它们漂流到俄罗斯和美国阿拉斯加之间的白令海峡时，“鸭子舰队”被冻在浮冰里，随浮冰慢慢地向北极方向漂流了2000英里。

随后，“鸭子舰队”又开始南下，在向南漂流4000英里后，到达美国附近的加拿大新斯科舍省。当浮冰解冻后，这些鸭子向美国东海岸漂流了2000英里。如今，这1万来只鸭子继续朝南方漂流。

现在，“鸭子舰队”正向英国漂流。据预测，“鸭子舰队”很有可能于2007年某个时刻抵达英国海岸。当它们抵达英国时，总漂流行程将达2.2万英里。

据报道，科学家正对这些鸭子的漂流路线进行研究，以了解海洋洋流和北极冰帽的奥秘。

更有趣的是，“鸭子舰队”在全世界引发了“淘金热”，一批海洋爱好者自发组成“追鸭族”，监视“鸭子舰队”的行程。每当“鸭子舰队”即将抵达某个海岸时，他们就疯狂地涌向海滩，争抢这些著名的鸭子。日前，最初从中国进口这批鸭子的美国公司表示，愿意以每只100美元的高价回收鸭子，却根本没人理睬——因为在收藏家手中，每只鸭子的价格已被爆炒至1000英镑。

鸭子还是原来的鸭子，一样的颜色，一样的质地，一样的造型；可另一方面，鸭子早已不是原来的鸭子了，14年的跨越，2.2万英里的航程，早已为原本普通的玩具鸭镀上了神秘的色彩，使它们成为收藏家手中的珍品。

设若玩具鸭一帆风顺地到达预定的港口，它们的身价也就是几美元或者十几美元；可因了它们非凡的漂流历程，它们最终也就拥有了非凡的价格。

玩具鸭因漂流而身价暴涨，那么，我们的人生又因何而增值呢？

当婴儿最初来到这个世界时，尽管有着种族、性别的差异，但总的说来，婴儿都是相似的：一样娇嫩的肌肤，一样明亮的眼睛，一样天真的心灵……可当岁月流逝年华老去时，原本相似的一群人却显示出了巨大的差别：有人庸庸碌碌，有人功成名就。探寻一下他们的人生轨迹，我们或许能够找到造成这一现象的主要因素。平庸的人往往一生平淡，个人经历乏善可陈；而杰出的人经历却非常丰富，他们受过挫折，经历过坎坷，尝过苦难，他们攀过成功的顶峰，也曾落入失败的深渊……跌宕起伏的人生经历使他们拥有了广阔的胸襟和敏锐的眼光，他们因此善于把握机遇甚至创造机遇，他们也就能够不断创造出自己的人生财富。

初涉人世的时候，我们本能地希望自己一帆风顺，然而，一生的顺利往往换来一世的平庸。既然如此，就让我们的经历多些波折多些坎坷吧，当一颗心被狂风吹过、被暴雨浇过、被荆棘刺过、被巨石压过，这颗心渐渐地变得柔韧变得勇敢、变得豁达、变得睿智；一旦拥有这样一颗心，也就拥有了无限广阔的世界与无限可能的未来。而这一切，都离不开艰苦复杂的人生历练。

一群玩具鸭，在拥有了非凡的经历之后就拥有了非凡的身价，那我们又何必畏惧生命中艰辛困苦的际遇呢？我们的人生，也将因阅历的丰富不断增值啊。

飞越命运之河

有一道脑筋急转弯题:一只毛毛虫想到河的对岸去,河水汹涌奔腾,既无桥可走又无船可渡,毛毛虫怎样才能到达对岸呢?

对此问题,也许一个女孩可以用自身的经历给出精彩的回答。

女孩出生在西藏的日喀则,身为藏族歌唱演员的母亲赋予了女孩百灵鸟一般的歌喉。在女孩的成长历程中,对音乐的热爱如同血液一般在女孩的周身流淌。她一直酷爱毛阿敏与苏芮的歌,但却买不起她们的盒带,于是她便买来空白的磁带请人翻录。当她们的歌曲熟稔于心时,她用积攒的钱买来了吉他与教材,过人的天赋使她三下两下就能拨出和谐动听的音符。

不断地自我磨砺下,女孩的歌声越发美妙。她的音色清亮,音域宽广,尤其令人动容的是,她的歌声中饱含着真挚的情感。也许是因为身上流淌着一半藏族的血液,女孩的歌声中总是蕴涵着一丝深遂而神秘的气息。然而,不幸的是,与出色的歌喉形成鲜明对比的,却是女孩的相貌:她的五官十分平庸,身材更是胖得惊人。在"漂亮者生存"的年代,几乎不需要另外的理由,女孩的歌舞团之梦便一次又一次地破灭了。

对歌唱事业的执著,使女孩努力为自己寻找机会。她开始投身于各种音乐比赛中,甚至一天参加两场。那些日子里,女孩骑着自行车在赛场间奔波,心中燃烧着希望的火光。可无论女孩的声音多么动人,无论女孩的感情多么真挚,她却怎么也闯不进决赛圈。尽管女孩一次又一次地与命运进行抗争,可命运交给她的全都是失败的苦果——她的形象实在太差了。

为了能与挚爱的音乐靠得更近些,女孩托人让她结识了自己最为膜拜的歌星毛阿敏。而她所能做的事只是:替毛阿敏拎道具和演出服。纵然如此,一年多过去了,命运别说给她一次登台的机会,连一方小小的灯光都不曾投在她的脸上。

一次次的打击,一次次的失败,还有别人的冷眼与嘲笑,使女孩的心中充满了苦涩与彷徨。她是如此的年轻,可她的心中却是伤痕累累。她不知道,面对梦想的一次次破灭,自己还能坚持多久?漫长的日子里,她觉得自己始终在一条隧道里穿行,没有光明、没有温暖、没有鼓励、没有慰藉,甚至不知道还有没有未来。真的放弃吗?可她又怎能舍得下自己视若生命的歌唱呢?她将自己关在家里,犹豫着,思索着,最终她为自己唱起了一首歌:

一次次告诉自己/外面的天空也很美丽/一次次鼓舞自己/去感受雨后空气的清新/虽然冬雨过后有点冷/虽然大街上还刮着寒风

一次次提醒自己/昨夜的雷声已经远去/一次次放纵自己/让自己投入一切地爱你/虽然前方的路不清楚/虽然依然有人阻……

歌声重又点燃了女孩心中的希望之火,她再次走出家门展开歌喉——在歌厅里。

偶然的一次,央视半边天节目主持人张越坐进了歌厅,不经意地听着歌手们的演唱。突然间,张越觉得被拨动了某根神经,她抬起头认真打量起台上的歌者,这才看清了同属重量级的她,她正忘情于《雪域光芒》。“跑啊——挣脱你的绳索/找回渴望以久的自由/啊——”歌厅里竟有如此美妙的歌喉?见多识广的张越一时被震住了。很快,她头一次作为嘉宾,与张越面对面,庄严地坐进了中央电视台的录播间。

就像一瓶陈年佳酿，刚刚开启一道缝，就再也盖不住四溢的芬芳。紧接着，麒麟童公司特为她出版了专辑，她的歌声犹如插上了翅膀，很快传遍了神州大地。同时，“韩红”这个名字开始在人们的口中流传，并且越来越响亮。此刻，她已在歌坛默默跋涉了10年。

历经10年寂寞而艰辛的时光，韩红这只“毛毛虫”最终变成了“蝴蝶”，成功飞越了命运的河流，在梦想的天空里自由歌唱。

从某种意义上说，芸芸众生，谁不是尘世中的一只“毛毛虫”呢？在泥泞中跋涉，在尘埃中奔忙，在河流的此岸观望、等待、期盼，可面对湍急的河水，尽管我们忧心如焚，却难以找到一条真正跨越河流的出路。然而，如果我们耐得住奋斗的寂寞，如果我们经得起失败的磨砺，如果我们受得了世俗的冷眼，如果我们忍得下歧视的屈辱……总有一天，我们能够像毛毛虫那样吐丝结茧，最终化蛹为蝶！

而当我们真的拥有一副轻盈灵动的翅膀时，世间还有哪一条河流我们不能飞越？还有哪一个彼岸不能到达？

人生“里程碑”

心理学家曾经做过一个实验：组织三组人，让他们分别步行到10公里外的三个村庄。

第一组人既不知道村庄的名字，也不知道具体的路程，他们被告之跟着向导走就行了。刚走出两三公里，就开始有人叫苦；走到一半时，有人几乎愤怒了，他们抱怨为什么要走这么远，何时才能走到，有人甚至坐到路边再也不愿走了。越往后走，他们的情绪越低落，最后到达目的地的人寥寥无几。

第二组人知道村庄的名字和具体的路程，但路边没有里程碑，他们只能凭经验来估计自己走过的距离。当走到全程一半时，大家觉得有点累；走到全程的3/4时，大家的情绪已很低落，觉得疲惫不堪，而路程似乎还很长；直到最后有人说“快到了！快到了！”大家才又振作起来，继续向前。

第三组人不仅知道村庄的名字和路程，而且公路旁每一公里就有一块里程碑。人们边走边看里程碑，每缩短一公里大家便有一小阵的快乐。行进中，他们用歌声和笑声来消除疲惫，情绪一直很高涨，所以很快就到达了目的地。

三组人，面对的是相同的路程，可他们的行进过程却迥然不同：第一组怨声载道，第二组情绪低落，第三组兴致盎然。那么，这种巨大的差别又是因何形成的呢？目标吗？他们都要到村庄去；工具吗？他们都在步行；距离吗？都是一样的10公里，尽管有人清楚有人不清楚。我想,决定性的因素是里程碑。正因为缺乏里程碑,第一组、第二组人很难了解自己努力的成果,他们自然就越走越累,情绪越来越差。反之,有了里程碑,第三组人就清楚地看到了自己的成绩。每超越一块里程碑,他们就获得一点成就感,从而更有动力向前走。

而在漫长的行程中,这种动力是多么不可缺乏啊。

1984年,在东京国际马拉松邀请赛上,名不见经传的日本选手山田本一出人意料地夺得了冠军。当记者问他凭什么取得如此惊人的成绩时,他说:凭智慧战胜对手。

对于这句话,他在自传里如此解释道:"每次比赛前,我都要乘车把比赛线路仔细看一遍,并把沿途比较醒目的标志画下来,比如第一个标志是银行、第二个标志是一棵大树、第三个标志是一座红房子……这样一直画到赛程的终点。比赛开始后,我以百米冲刺的速度奋力地向第一个目标冲去,等到达第一个目标后,我又以同样的速度向第二个目标冲去……40多公里的赛程,就这样被我分解成几个小目标轻松地跑完了。起初,我不懂这样的道理,我把目标定在40多公里外终点线上的那面旗帜上,结果我刚跑十几公里就疲惫不堪,我被前面那段遥远的路程吓倒了。"

其实,山田本一所画下的那些标志,不过是另一种意义上的里程碑。他所越过的每一块"里程碑",都如同一座"心灵加油站",不断地向他的心灵输送能量,最终使他一马当先地抵达终点。

年轻的时候,我们的心中都会有一个目标,那是我们渴望实现的人生梦想。然而,漫长的一生中,尽管我们不断地努力,可远方的目标似乎永远也遥不可及。于是,有人失望,有人抱怨,也有人心灰意冷地彻底放弃……这是一个多么可悲的结局。实际上,只要我们不断地努力,我们离目标就会越来越近。但可惜的是,由于我们的人生缺乏明确的“里程碑”,我们就无法看清自己所取得的点滴进步,也就会不断地怀疑自己的努力到底有没有价值,以至于我们最终彻底失去信心,开始在庸常的生活中随波逐流。

正如山田本一,要在马拉松赛中为自己寻找标志物作为“里程碑”,我们的一生中,也要找到独属于自己的“里程碑”:或许是一份自己详细拟定的“人生规划”,或许是自己具体记录下来的“成绩册”,或许是心中仰慕的师长的成长历程……有了人生“里程碑”作参照,我们就能清楚地看出自己人生的每一点进步,也就能不断地收获成就感,从而更有信心更有动力地走向终点。

坚守梦想

凭着在"有关光在纤维中的传输以用于光学通信方面"取得的突破性成就,华裔科学家、"光纤之父"高锟与两位美国科学家一起分享了2009年度诺贝尔物理学奖。

其实,早在1963年,高锟就着手对玻璃纤维进行理论和实用方面的研究工作,并设想利用一种玻璃纤维传送激光脉冲以代替用金属电缆输出电脉冲的通信方法。1966年,高锟发表了论文《光频率介质纤维表面波导》,提出了"以玻璃取代铜线传输信号"的大胆构想。高锟提出,当玻璃纤维的衰减率低于20dB/km时,光纤通信即可成功。

高锟的理论甫一问世,就受到众多权威的质疑与嘲笑,因为在当时,光纤技术对于衰减率的控制仅能达到1000dB/km,要想制造出衰减率低于20dB/km的玻璃纤维,根本是件不可能的事情。而没有符合要求的玻璃纤维,高锟的理论无异于"痴人说梦"。

面对潮水般的非议,高锟不为所动,他到处奔走,寻找理想的玻璃纤维。为此,高锟造访了许多大型的玻璃厂,到过美国的贝尔实验室,与日本、德国的科学家进行交流……但他的奔波并未收到成效,他未能找到那种衰减率低于20dB/km的玻璃纤维。

这样的结果令高锟很是沮丧。与此同时,一些所谓的权威规劝他,与其白费力气去寻找"不可能存在的无杂质玻璃",不如改变方向,做些切实可行的研究工作。外界的质疑与否定,一度令高锟举步维艰，但静下心来的他，相信总有一天，“以玻璃取代铜线传输信号”的设想会变成现实。

为此，高锟又开始了艰辛的努力。当时高锟面对的主要难题是：怎样除掉玻璃中所含的铁离子，因为铁离子吸收和打散光线，使光通信难以付诸实行。无数次的实验之后，高锟发现一种叫“溶凝石英”的玻璃，能够提炼出无杂质玻璃。四年后，也就是1970年，美国康宁玻璃公司的三名科研人员马瑞尔、卡普隆、凯克成功地制成了衰减率只有20dB/km玻璃纤维。高锟的理论，至此有了坚实的物质基础。

1977年，世界上第一条光纤通信系统在美国芝加哥投入使用。此后，信息高速公路开始在世界风行……如今的手机通信、国际电话、有线电视以及互联网传输运作，都拜光纤所赐。

高锟用自己的成就缩短了全人类的通信时间，却未能缩短这项发明获得验证的漫长岁月——从发表论文到荣获诺贝尔奖，时间已过去了43年。而高锟自己，也从昔日的青年才俊，变成了一位轻度阿兹海默症缠身的七旬老人。尽管高锟已经淡忘了自己的成就，但他的梦想之花，早已开遍了世界各地。他的努力，已在不知不觉中改变了整个人类的生活方式。

我相信，来到世上的每一个人，都负有独特的使命——让自己的梦想变成现实。但遗憾的是，生存的压力，世俗的偏见，还有宝马香车的诱惑，会使许多人放弃自己的梦想，最终在庸常的生活中随波逐流。唯有那些执著的人们，纵然面对整个世界的嘲讽与讥笑，他们也能坚守自己的梦想。而在持之以恒的努力之下，他们的梦想之花，终能勃然怒放。

不因贫穷而自卑

韩国总统李明博，出生在一个极其贫穷的家庭里。年少的时候，一家人时常居无定所。有一段时间，他们甚至与乞丐为伍。尽管全家人拼命干活，但他们仍然要为一日三餐而担心。为了填饱肚子，他们不得不以别人不屑一顾的酒糟为主食。每次吃完酒糟后，李明博总是满脸通红，周身散发着酒味，如此一来，他时常受到周围孩子们的嘲笑。

在这种环境下慢慢长大的李明博，内心充满了浓厚的自卑感。觉察到儿子的心理，李明博的母亲特意安排他去帮助邻里做些事情，不仅要帮助穷人，也要帮助富人。

起初，李明博并不明白母亲的用意，他还以为，母亲想让他趁着帮忙的机会大吃一顿呢。可事实并非如此，每次他去人家帮忙时，母亲总要一再地嘱咐他："去了以后要好好干活，而且，不准吃任何东西，一杯水都不行。"尽管不能理解母亲的心思，但听话的李明博还是照做了。

但去富人家帮忙，并不是件容易的事情，不止一次地，衣着破烂的李明博，被主人当作乞丐拒之门外。对此，母亲并不在意，仍然让他去帮助别人。于是，李明博就想了个办法，每次前去帮忙时，就悄悄地溜进去，做完街坊大妈吩咐的事情后，再悄悄地溜走。

有一次，他去一户富人家帮忙，干活的时候，他总觉得有双眼睛在悄悄地注视着他。原来，那是主人阿姨在监视他。对于阿姨的做法，李明博并不在意，他依然全神贯注地做着自己手上的事情。干完活后，正当李明博打算像往常那样悄悄溜走时，阿姨叫住了他："孩子，你干活时我特意看了，真是好孩子啊！干活时碰都没碰食物，而且那么卖力。你稍等一会儿。"很快，阿姨包了一袋精美的食物送给李明博，让他带回家去。面对平生从未尝过的美食，李明博谢绝了："母亲让我帮忙做事，不需拿东西，我先回去了，再见。"

对李明博来说，那是他永生难忘的一件事——那是他第一次干完活受到款待，也是他第一次为自己感到自豪。也就是从那天起，李明博充分理解了母亲的苦心："穷人也能堂堂正正地帮助富人，因为贫穷而依赖富人的帮助，你将贫穷一辈子。"同样是在那天，李明博在心底彻底删除了对富人的期待，而在以前，他的心里一直藏着一个念头："富人是否会给我一些帮助呢？"

也就是从那天起，一粒自信的种子，在李明博的心田里生根发芽，越长越旺。最终，他的自信将自卑驱逐得无影无踪。

凭着坚韧不拔的努力，李明博不断地向前走去。后来，他通过半工半读的方式念完高中走进大学。大学毕业的李明博，经历一番周折后，进入韩国著名的现代集团。在他成为现代集团的会长后，他时常听到这样的话："李会长，听说你小时候过得很苦，是真的吗？我以为你过得非常富裕呢。"就连以慧眼识人而闻名的现代集团郑周永会长，同样说过这番话。

这也难怪，李明博是那样的自信，他的身上丝毫看不到贫穷留给他的阴影；这样的人，别人想当然地以为他是从富裕家庭走出来的。对李明博来说，自信，早已融化在他的生命中，成为他人生中最为宝贵的一笔财富。来自内心深处的自信，使他面对任何一名高官政要都能坦然自若挥洒自如。带着自信，李明博告别企业投身政界，在经历几番沉浮后，他成了韩国第十七任总统。

回顾自己的成长历程，李明博如此说道："贫穷一直伴随着我们一家，但母亲从未依赖过别人，反而努力帮助那些境遇相仿的穷人，甚至让我们去帮助富人。我们兄妹从不埋怨贫穷，反而一直心存感激。虽然贫穷却从未放弃梦想，一直非常自信。"从贫穷中走出来的人有很多，但有几人敢说自己"一直非常自信"？

人在贫穷中，可能活得勤劳、活得刻苦、活得热情、活得善良，但最难得的，就是活得自信。是啊，在一个吃不如人、穿不如人、住不如人、物质条件处处不如人的环境里，有几人能够不自卑呢？甚至可以说，自卑，是穷人身上最为鲜明的一个烙印。而在成长的历程里，自卑往往就像一块沉重的铅块，压得一个人在贫穷的泥潭里越陷越深。

事实上，正像李明博的母亲所说的那样，身为穷人，也可以堂堂正正地帮助别人，甚至是富人。也可以说，活在贫穷中的人们，穷的是身外的物质条件，而不是自己的心灵与能力。任何一个穷人，都不应当因为贫穷而看轻自己。

而我多么希望，普天之下每一个在贫穷中艰辛挣扎的人们，都能像李明博那样，不因贫穷而自卑，而是勇敢地活着、坚韧地活着、独立地活着、坦然地活着，最终活出一份自信来。

留一份信念给自己

20世纪60年代，约翰·图尔完成了一部小说。他联系了许多出版商，却没有人愿意出版这部小说。

一年又一年，约翰不断地奔波着，却始终没有任何成效。八年过去了，约翰彻底放弃了努力。

此后，在约翰母亲的多方奔走下，他的小说终获出版。编辑为小说取名《笨伯联盟》。书一问世，即被抢购一空。

1981年，《笨伯联盟》获得了美国普利策最佳小说奖——小说界最权威的奖项之一。然而，约翰再也不能出席颁奖典礼了——1969年，也就是32岁时，约翰结束了自己的生命。

这是一件多么令人痛心的事情。如果约翰能够多一份自信、多一份坚强，那他终能看到自己大获成功的那一天，而且，他还能为这个世界奉献出更多更好的作品。可悲的是，受不了一次次打击的约翰，最终逃离了这个世界。在遗书里，他说自己是个没有才华的失败者，是个被世界遗弃了的人。可事实却是，世界最终承认了他的才华，而他自己却怀疑自己并且遗弃了自己。

这个世界上，没有谁能够一帆风顺地走向成功，即使是天才，也会受到命运的一再打击。只有那些不屈不挠地向前行走的人，才能最终抵达自己的目的地。但遗憾的是，许多才华横溢的人，却因为一再受挫而不断地怀疑自己、否定自己，甚至抛弃自己。如果他们能够多一点坚强多一点勇敢，他们的人生，一定会是另一种风景。

十多年前，我曾经去过广东肇庆的七星岩，那里的湖光山色美如画。然而，这些年来，让我念念不忘的，却是那些长在山坡上的参天大树。

那些树，全都长在山坡陡峭的石壁上，扎根的地方，看不到一星半点的泥土。山坡上，每一棵树都伸出了无数的根，牢牢地扒住了岩石；那些根，细者若藤，粗者如臂，越过几十甚至上百米的石壁后，深深地扎进山脚下的泥土里。

我不知道，那些树到底长了多少年。但我知道，每一天，每棵树都怀着坚不可摧的信念努力成长。它们的干，奋力向上，向着高远的蓝天；它们的根，奋力向下，向着深厚的大地。终于，它们长成了天地间绝美的风景。

一棵树，到底承受过多少风吹雨打电闪雷鸣，没有人能够给出准确的答案。但无论多少打击，都不能动摇一棵树的信念——坚强地活着，勇敢地活着。可以说，正是奋力成长的信念，最终成就了那些参天大树。

人生不也应当如此吗？人活着，最不可缺少的，不是金钱名声与地位，甚至不是才华学识与智慧，人生最不可缺少的，而是信念。一个人，只要怀有坚不可摧的信念，就能沿着自己选择的道路不断向前走，而他(她)渐行渐远的身影，正是天地间一道美丽的风景。

自己才是对手

“起床时间到！起床时间到！起床时间到……”手机铃声不屈不挠地响着，终于将我从梦中唤醒。

勉强睁开眼睛，伸手从枕下摸到手机，将铃声关掉。

世界又恢复安静，浓重的困意席卷而来，我真想再一次沉入梦乡，让自己一直睡到自然醒来。可刚闭上眼睛，心底就响起了一个声音：别睡了，该起了，你自己定好的时间已经到了。是的，我知道，早上5点，正是我预定的起床时间。可我，怎么起得来呢？我的大脑一片混沌，我的眼皮分外沉重，我的四肢一动都不想动……可不起，自己的计划又有什么用呢？那些该读的书何时来读？那些该写的文章何时来写……我的内心挣扎着、纠缠着，却得不出一个结论。最终，我安慰自己道：再躺一刻钟，一刻钟之后一定起。决定一下，绷紧的神经放松下来，思绪变得越来越模糊了……

待我再次睁开眼睛抓过手机时，发现这一躺就躺了半个多小时。我一边自责一边犹豫，到底是起还是不起？起吗？可我实在太困了；不起吗？那我的计划不都泡汤了吗？辗转反侧中，时间一分一秒地过去了，终于到了7点，我不得不穿衣起床——再不起，儿子上学就得迟到了。而此前的两小时，我都在犹豫不决中度过，睡也未睡好，起也没起来。

第二天，手机铃声再度响起，而我的挣扎与煎熬一如从前……

自从儿子上学后，接送他就成了我每天的“必修课”，再加上买菜做饭涮锅洗碗之类的杂事，我的时间被切割得支离破碎，再也难以找出一块完整的时段，让我安心写完一篇文章。几番思索后，我发现早晨的时间可以利用。是啊，平时我7点起床，若是提早到5点即起，我不就有了完全属于自己的两小时了？这一发现令我惊喜异常，我随即将手机闹钟设定在早晨5点。

但等到手机铃声真的响起时，我才发现早起是件多么艰难的事情。多少年来，我早就习惯了晚睡晚起。尽管我一次次下定决心，尽管我一次次鼓励自己，可手机铃声响起后，我依然躺在床上一动也不想动，甚至一再在心里安慰自己：明天再说吧，明天一定早起。可明日复明日，明日何其多……

就这样，在犹豫与自责中，季节很快就从秋转到了冬。当新年的钟声将要敲响的时候，我才惊觉，一年就要过去了，而我，想看的书籍没有看，想写的文章没有写。如同一个农夫，当别人面对田野里累累的果实而欣慰不已时，我却惭愧于自己的颗粒无收。我知道，自己再也不能懈怠下去了。

在新一年的第一个早晨，当手机铃声尖锐地响起时，我默默地躺了几分钟，然后从床上坐了起来。穿好衣服后，我去了卫生间，接了一盆冷水。我用双手捧起一捧水，浇在了自己的脸上——冰冷的清水让我彻底醒了过来。

随后，我走进书房，打开了电脑。清晨的世界一片宁静，我的思维在宁静中变得分外活跃。不紧不慢地敲打着键盘，一行行文字出现在屏幕上……待我关掉电脑前去准备早餐时，我的文档里已多了一篇文章。

那一天，也许是因为完成了既定的任务，我的心情变得十分坦然与充实。那种愉快的心境引导着我，让我第二天在手机铃声响起后，立刻起床……

也就是从那时起，早起变成了一件平常的事情。真的习惯早起后，我才发觉，早起实在没有多么艰难，坐起来穿好衣服就行了。刚起床的时候也许有点迷糊，可一旦坐到电脑前，人立刻就变得清醒了。事实上，真正难的，不是起床，而是自己与自己的较量，自己对自己的超越。

在这个世界上，人心才是最激烈的战场。对一个人来说，真正的对手就是自己。而所谓成功的人生，就是自己不断战胜自己的人生。

有一种幸福叫痛苦

萨丹是位印度青年，很小就染上了麻风病，好心的布兰迪医生将他带在了身边照顾。

几年后的一个夏天，萨丹想回家过个周末，一是探望家人，二是想看看自己独立生活的可能性。

由于麻风病的原因，萨丹的神经末梢对外界的刺激没有感觉，无法感到疼痛。临行前，布兰迪医生告诫他，对陌生环境的危害要格外小心。

星期六晚上，和亲戚朋友尽兴而散的萨丹回到自己曾住过的房间，一头倒在草铺上睡着了。第二天早晨一觉醒来，萨丹做的第一件事就是仔细检查全身，结果让他大吃一惊，自己左手的食指竟然血肉模糊。原来那个房间年久失修，他熟睡时，有只老鼠从墙洞里钻出来，竟然把萨丹的手指当作了夜宵。

周日晚上，萨丹不敢掉以轻心。他整夜盘腿坐在草铺上，背靠着墙，借着油灯的光看书。破晓时分，他的眼皮越来越沉重，最后终于抵挡不住疲倦，头一歪睡着了。几个小时后，萨丹被家人的叫声惊醒，原来他的右手滑到盛油灯的碗里，手背上的皮肉都烧焦了。幸亏油灯的油所剩不多，又被家人及时发现，否则连他本人都会葬身火海。看到这一切，萨丹失意地告别亲人，双手缠着绷带离开了自己的家乡马德拉斯。

多么可怜的萨丹！只因不能感知疼痛，他竟然随时都有失去生命的危险。

我相信，来到世界的每一个人都在找寻幸福，从而本能地逃避痛苦。可真正的幸福又是什么呢？萨丹的经历让人震惊，原来我们处处逃避的痛苦竟然就是一种别样的幸福啊。

十多年前，望着初恋爱人绝然远去的背影时，我似乎听到了自己心碎的声音。那些本该充满青春欢笑的日子，一下子变得沉寂无比。每一天，我默默地出来进去，不想吃饭不想说话，漫漫长夜，无尽的泪水中我不知道自己是怎样睡着的，只是每天早晨醒来，必然会在枕边发现大把的头发……日子一天天地过去了，那种撕心裂肺深及骨髓的痛楚慢慢地淡了又淡。然而，那段经历永远地留在记忆深处，随时提醒我珍惜身边的爱人：珍惜他给予我的呵护与体贴，珍惜他给予我的深情与慰藉，珍惜他给予我的欣赏与尊重……而我们，终能幸福地握紧双手，穿越人生的风雨……

生活无语，却用事实告诉我，痛苦本来就是对生命及时的提醒与周到的保护，它本身就是幸福的代名词。

“哀莫大于心死”，在这个世界上，内心的绝望与麻木才是最大的悲哀；犹如一潭死水，即使狂风吹过也激不起半丝涟漪，那样的人生已经失去价值。我们之所以还会痛苦，就因为我们还拥有鲜活的生命，还拥有一颗充满希望的心。

既然如此，面对痛苦又何须抱怨、何须逃避呢？人生在世，坦然地面对痛苦、用心地体会痛苦吧，那是生活中独特的幸福。

每天进步一点点

人生是一场漫长的旅程，旅程中也许会有人与你同行，但更多的时候，却需要你孤身一人穿越岁月的荒野。也许你会因孤寂而彷徨，这时候你要做的，就是用左手温暖右手，就是不断地鼓励自己为自己加油，让自己永远有力量向前走。

熬过寒冬的紫玉兰

紫玉兰开花了，一共四朵。明媚的阳光下，紫玉兰娇艳而修长的花瓣慢慢舒展着，舒展成一道美丽的风景。从花下经过的路人，不由自主地放慢脚步，将目光投向紫玉兰。在几秒钟的凝视之后，再转身离去。

不用说，每一个看到紫玉兰的人，都会由衷欣赏她的绰约风姿。可又有谁知道，这些明媚鲜艳的花儿，经历了多少寒冬的煎熬呢？

去年夏天，小区改建时，有人在路旁栽了一棵紫玉兰。几番风雨后，紫玉兰活了过来，萌生出新的枝叶。随着时间的流逝，紫玉兰日渐显得茂盛。秋天里，当别的树木渐渐落光青翠的叶子时，紫玉兰的枝头却打起了花骨朵。那些蓓蕾尖尖的、细细的，披着毛茸茸的黄色外衣，看起来很像是微型的竹笋。数一数，一共四朵。尽管秋风萧瑟，可小小的蓓蕾却在努力生长着；很快，它们变得丰满起来，看上去，就像一支支蘸满了水的毛笔，直指天空。

冬天说来就来了。寒风呼啸着，席卷大地，卷走了紫玉兰所有的叶子。光秃秃的枝头上，只剩下孤零零的花蕾。每次从紫玉兰旁经过，我的心里都充满了深深的担忧：那些蓓蕾冻僵了吧？要不了多久，它们就会从枝头掉落吧？在转身而去后，我真为那些蓓蕾感到惋惜：多么可怜的花儿，还没来得及开放就要告别这个世界了。

可那些蓓蕾带给我的，却是震惊。尽管狂风呼啸，尽管大雪纷飞，尽管长长的冰凌挂满了人家的屋檐，可那些蓓蕾始终坚守在枝头，始终如毛笔一般直指天空……

不知不觉中，春天来了，先是蔷薇吐出新绿，接着樱桃也开了满树繁花。有一天，当我从紫玉兰旁经过时，我惊讶得屏住了呼吸——在那光秃秃的枝头，一朵朵紫玉兰竟然脱下了黄色的外衣，露出了紫红的花瓣。那些光洁的花瓣紧紧裹在一起，如生死相依的姐妹。

温暖的阳光下，紫玉兰开放得极其缓慢——她们顶端的花瓣一点一点地放松着，向外伸展，伸展——如同缓缓起舞的紫衣仙子。渐渐地，一片片花瓣舒展开来，毛笔般的蓓蕾变成了尽情绽放的紫色"花碗"，看起来光彩照人。

——熬过了漫长的寒冬，紫玉兰终于迎来了生命的春天。

在我的眼里，花儿一向是娇柔的，经不起尘世的风吹雨打。可眼前的紫玉兰，却有着我所陌生的坚韧与顽强。在漫长的寒冬，呼啸的狂风刀一般地割着它们娇嫩的肌肤，冰冷的雪水针一样刺着它们光洁的花瓣，可它们，默默地坚持着忍耐着，等待着春风吹起等待着阳光抚过……终于，它们熬过寒冬，迎来了勃然怒放的那一天。

在生命的寒冬里，无论活得多么艰辛多么沉重，紫玉兰始终坚持着，绝不放弃自己的生命。这一份坚韧与顽强、这一份执著与勇敢，我们人类又能有几人能够做到？我的一位女友，面对丈夫的背叛，在长久的痛苦之后，她选择了割腕自杀；我的一位同学，面对生意的失利，在长久的消沉之后，选择了跳楼自尽。再翻一翻报纸的社会新闻版，类似的报道更是随处可见。当生命的寒冬猝然降临后，多少人在痛楚的煎熬里深感绝望，最终选择了放弃。他们不知道，若是咬紧牙关苦撑下去，春天就会在前方迎接他们。

事实上，无论是谁，只要坚持下去绝不放弃，终能熬过漫长的寒冬，迎来生命的春天。就像紫玉兰，在春风里勃然怒放。

信念是一粒种子

很久以前，为了开辟新的街道，伦敦拆除了许多陈旧的楼房。

然而新路却久久没有开工，旧楼房的地基晾在那里，任凭日晒雨淋。

有一天，一群自然科学家来到了这里，他们发现，在这一片多年未见天日的地基上，这些日子里因为接触了春天的阳光雨露，竟长出了一片野花野草。

奇怪的是，其中有一些花草却是在英国从来没有见到过的，它们通常只生长在地中海沿岸国家。

这些被拆除的楼房，大多都是在罗马人沿着泰晤士河进攻英国时建造的，大概花草的种子就是那个时候被带到了这里。它们被压在沉重的石头砖瓦之下，一年又一年，几乎已经完全丧失了生存的机会。但令人感到意外的是，一旦它们见到了阳光，就立刻恢复了勃勃生机，绽开了一朵朵美丽的鲜花。

小小的种子真令人惊叹，它们是如此的柔弱却又如此的坚韧，即使在沉重的砖瓦下压上数百年，它们依然能够保持自己鲜活的生命；一旦阳光照耀，一旦雨露滋润，它们便又焕发出勃然的生机。

一粒种子，即使被埋没数百年，依然蕴藏着生的希望；那么一个人，当他处于困境时，又当如何呢？

有一年，一支英国探险队进入撒哈拉沙漠的某个地区，在茫茫的沙海里跋涉。阳光下，漫天飞舞的风沙像炒红的铁砂一般，扑打着探险队员的面孔。

口渴似炙，心急如焚——大家的水都没了。

这时，探险队长拿出一只水壶，说：“这里还有一壶水，但穿越沙漠前，谁也不能喝。”

一壶水，成了穿越沙漠的信念之源，成了求生的寄托目标。

水壶在队员手中传递，那沉甸甸的感觉使队员们濒临绝望的脸上，又露出坚定的神色。

终于，探险队顽强地走出了沙漠，挣脱了死神之手。大家喜极而泣，用颤抖的手拧开那壶支撑他们精神的水——

缓缓流出来的，却是满满的一壶沙子！

炎炎烈日下，茫茫沙漠里，真正救了他们的，又哪里是那一壶沙子呢？他们执著的信念，已经如同一粒种子，在他们心底生根发芽，最终领着他们走出了“绝境”。

其实，人生从来没有真正的绝境。无论遭受多少艰辛、无论经历多少苦难，只要一个人的心中还怀着一粒信念的种子，那么总有一天，他就能走出困境，让生命重新开花结果。

人生就是这样，只要种子还在，希望就在。

一块金表的传奇

1941年，身为英国海军上尉的泰迪·培根在皇家海军“击退号”军舰上服役。当时，该军舰停泊在直布罗陀海港。有一天，当泰迪在军舰上向一名船员示范如何将锚绳抛向海岸时，他佩戴的一块宝路华自动金表突然从手腕上滑落，掉进了大约12米深的海水中。

金表遗失后，泰迪曾到当地的政府官员那里进行登记，并且留下了自己在英国的家庭住址。后来，泰迪退役回到了英国。对于那块失落在大海里的金表，他以为自己再也不会见到它了。

然而，谁都没有料到，2007年，在海底沉睡数十年之后，那块金表竟然被直布罗陀海港的挖泥工人打捞了上来。更让人惊讶的是，那块表非但不曾锈蚀，反而走时准确，分秒不差。由于当年泰迪曾对金表进行了登记，所以当金表被打捞上来时，直布罗陀政府官员立刻就知道金表的主人是谁。他们找到了当年泰迪留下的家庭地住，然后将金表包在一个牛皮袋中，寄了过去。但世事沧桑，几十年里，泰迪搬了无数次家，但那块金表在辗转多次后，仍然抵达了年近90的泰迪的手中。

面对66年后物归原主的金表，我的心里惊叹不已，透过金表，我看到了一则传奇。那么，又是谁，成就了这则传奇呢？

不用问，首先是挖泥工人。一块沉睡海底数十年仍能准确报时的金表，其价值自然不菲，如果挖泥工人稍一动心，金表也就难以重见天日，但诚实的工人却送出金表，让金表迈出了走向传奇的第一步。接下来，是直布罗陀的政府官员们。对于60多年前的旧事，他们毫不陌生，所以能够迅速找到地址，将金表寄了出去——就这样，金表踏上了自己的传奇之旅。最后，还有英国的邮政服务人员。对于“查无此人”的邮件，退回原处是理所当然的做法，但，他们没有那样做，而是不断找寻收件人的新地址，直到邮件最终到达收件人的手里。若没有他们的认真负责，那块金表又怎么能够物归原主呢？正是他们，使金表的传奇画上了圆满的句号。

在一块金表的背后，我清楚地看到了无数恪尽职守的人们，正是他们，最终成就了那块金表的传奇。

淡忘伤口

一次又一次，她总会想起他，而每想起一次，她对他的恨便增加一分。

他是她的前夫。

三年前，当他向她提出离婚时，他们的儿子还只有三岁。为了给孩子一个完整的家，她流着泪，向他求了再求。然而，早有外遇的他去意已决。为了逼她早一天离婚，他甚至搬了出去，公然与情人住在了一起，她打电话找他，他要么不接，要么在电话里恶语相向……

她最终还是和他一起走进了民政局，将结婚证换成了离婚证。但从那天起，对他的憎恨，便如寒冰一样，凝结在她的心头。几乎每一天，她都会在心里咒骂他，尤其在夜深人静辗转难眠时，她更会一次次地想起他，想他怎样绝情地离家而去，想他怎样冷酷地对她恶语相向，想他怎样无耻地拖欠儿子的抚养费……一边想，她一边咬牙切齿地诅咒他，诅咒他有朝一日横遭大难，最好求生不得，求死不能……

日子就这样一天天地过去了。

偶然的一天，她买了一把小刀，准备为刚上学的儿子削铅笔。谁知，未等她动手，性急的儿子就摸过小刀抓起铅笔削了起来。一不小心，锋利的刀口划过儿子左手食指的指背，留下一道深深的伤口，一瞬间，鲜血直流。

一见儿子受伤，她立刻奔了过来，找出云南白药与纱布，将儿子的伤口包了起来。她知道，三五天后，伤口就能愈合。果然，第二天，给孩子换药时，她看到受伤处已结了浅浅的一层痂。第三天，未及换药，孩子却又捏着手指跑了过来，指头上，鲜血直流。原来，好奇心重的儿子总想看看伤口长得怎么样了，于是，他悄悄拆掉纱布，将新结的痂撕了下来，这一撕，伤口又流出血来。

她一边包扎伤口，一边教训儿子："你这个傻小子，不知道伤口撕开会淌血吗？"话音刚落，她自己就愣住了。孩子那么小，当然不清楚伤口撕开的后果，可她呢，一个成年的女子，又知道什么呢？

几年来，她一次次想起前夫诅咒前夫，可无论她对他的憎恨有多深，她已不能再伤他丝毫。而她对往事的一次次回忆，不正是将自己的伤口一次次地撕开吗？如此一来，她的伤口哪里还有愈合的那一天呢？

一念及此，她几乎惊出一身冷汗。她本是个聪慧的女子，竟然一直做着愚蠢的事情。她知道，必须将自己从前夫的阴影中拯救出来。

接下来的日子，仍然有不由自主地想起前夫的时刻，可她，却不再放任自己的心灵在憎恨中沉溺。一旦意识到自己又在恨他，她便强迫自己转移注意力，去看看电视里的喜剧小品，或是上网玩玩游戏，或去翻翻钟爱的武侠小说……她的世界，又变得开阔起来。

渐渐地，她又发现天是蓝的，云是白的，就连院子里的青草，也散发着淡淡的清香。而那个刚认识的朋友，明明是初次相遇，却如同久别重逢……生活，又向她掀开了新的一页，美好而令人沉醉。

原来啊，再深的伤口也有愈合的时候。只要，只要你能淡忘它。

你的心情谁做主

老板早上一出门，就遇到了长时间的塞车。待他赶到公司时，上班时间早过了。

窝了一肚子火的老板对经理大发雷霆，责问他同客户的合同怎么还没签订好？

大为恼火的经理转脸对秘书横加指责，怪她没把资料准备好。

气愤不已的秘书回家后对儿子大发脾气，骂他的成绩总是一塌糊涂，学费全都白交了。

又哭又喊的儿子接着对保姆开了火，抱怨她笨手笨脚地打碎了一只花瓶。

满怀委屈的保姆嘟囔着出了门，将碎瓶子使劲地往一只小狗身上砸去。

小狗发了狂，没命地去追一只猫……

这个故事尽管有所夸张，却来源于生活的真实。类似的经历，相信大多数人都曾体验过。

我们的一颗心，虽说跳动在自己的胸膛里，但许多时候，我们却做不了自己心情的主人。一颗心，常常如同旷野里的一株草，哪怕是最轻微的一缕风，都能让那株草摇摆不定。不是吗？别人的一句赞扬，可以让一颗心心花怒放；别人的一句责骂，就能让一颗心如坠冰窖；更别说还有恶意的中伤，刻意的陷害，更能使一颗心如入牢狱痛苦不堪，甚至有人因此抑郁终生。这是多么可悲的事情。

人活着，不只要有能力承受外界的风吹雨打，更要有能力把握住内心的清朗、平和与安宁。

唐朝著名的禅师慧宗爱种兰花。一次外出弘法前，他特意嘱咐弟子们看护好寺里的数十盆兰花。弟子们深知师父对兰花的喜爱，因此对兰花精心照料。但一天夜里狂风大作，拔树掀瓦，砸坏了兰花。

几天后，慧宗回来了，弟子们忐忑不安，担心师父大发雷霆。得知事情的原委后，慧宗心平气和地说："当初，我不是为了生气而种兰花的。"弟子们如醍醐灌顶，大彻大悟。

淡淡一句"我不是为了生气而种兰花的"，便让我们看到了一位高僧广阔的胸襟与高深的境界。

人生在世，表面上看是活在物质中，活在衣食住行里，但实际上，人却是活在精神中，活在自己的心情里。真正的好生活，并不在于拥有锦衣玉食，而在于拥有一份好心情。可以说，好心情才是真正的好日子。

现实生活中，我们只是凡人，难以达到高僧的境界。但我们也可以试着努力去把握自己的心情，纵然外界风狂雨骤，我们的内心也应当清朗、平和而安宁。不管人生的际遇如何起落，我们都应当有能力让自己拥有一份好心情。

我们的心情，还是让我们自己来做主吧。

拥有一颗慧心

在深邃的大海里，章鱼是一种独特的生物。一只章鱼的体重可达70磅，但是，如此庞大的家伙，身体却非常柔软，柔软到可以将自己的身体塞进任何一个想去的地方。章鱼没有脊椎，这使它可以穿过一个银币大小的洞。它们最喜欢做的事情，就是将自己的身体塞进海螺壳里躲起来，等到鱼虾走近，就咬住它们的头部，注入毒液，使其麻痹而死，然后美餐一顿。对于海洋中的其他生物来说，章鱼可以称得上是最可怕的动物之一。

但是，人类却有办法制伏它。渔民掌握了章鱼的天性，他们将小瓶子用绳子串在一起沉入海底，章鱼一见小瓶子，都争先恐后地往里钻，不论瓶子有多么小、多么窄。结果，这些在海洋里无往不胜的章鱼，成了瓶子里的囚徒，变成了渔民的猎物，变成了人类餐桌上的美味。

多么可悲的章鱼！广阔的大海它不要，只要一只小瓶子，纵然瓶子之外，是能给它幸福与自由的无边大海。

章鱼真的愚蠢啊，它们竟然将自己囚禁起来，最终成了人类餐桌上的佳肴。不过，章鱼毕竟只是低等的软体动物，缺乏智慧不知道全身而退。那么，我们人呢？

前几天在街上偶遇过去的一位同学，她的脸上，写满了与她的年龄极不相称的憔悴与沧桑，令人不敢相认。细聊之后我才得知，她的丈夫有了外遇，而她绝不愿意离婚，她名义上的丈夫，公然与情人住在了一起。几年来，她与丈夫的“战争”从未断过，一次次的吵闹，彻底粉碎了她心中仅剩的柔情，激发出越来越深的怨恨，促使她决心用最恶毒的手段来报复他……

“我就是不离婚，拖也要拖死他们！”临别时，她狠狠地吐出这句话，似乎吐出了胸中的怨气。

在这个世界上，她有疼她的双亲，有爱她的女儿，还有很好的职业，这一切，她全都看不见，她的眼里，只剩下与他相关的恩怨情仇。而曾经冰雪聪明的她始终不明白，那个负心的男人不过是一口烂泥塘，纠缠得越久，她就陷得越深，也就伤得越重。

芸芸众生中，又有多少人如她一般执迷不悟呢？也许你曾为失之交臂的恋人郁郁寡欢，也许你曾对别人的恶意中伤耿耿于怀，也许你曾为错过的大好机遇闷闷不乐……当然，这一切并不可怕，可怕的是任凭一颗心沉湎其中而难以自拔，最后在痛苦中终老一生。

事实上，人生只是一个过程，在这个过程中，最重要的不是增长学识，不是丰富情感，更不是获取财富，而是不断提升自己的悟性，从而拥有一颗真正的慧心。

惟其如此，当不幸与灾难如铜墙铁壁一般重重包围我们时，我们的心灵才能够破壁而出，找到真正通向欢乐与幸福的通道。

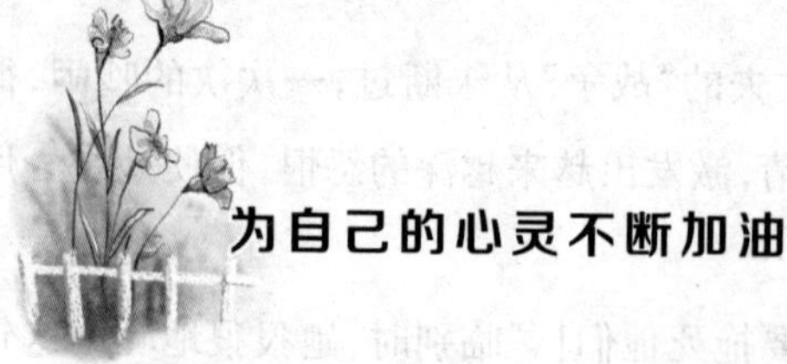

为自己的心灵不断加油

英国心理学家哈德飞，曾经给两组志愿者进行过不同的催眠。他对第一组人说：你现在身体非常非常虚弱，你已经变成婴儿了，你全身都很瘦小，你的手指像小鸟爪子那么瘦……慢慢地，这些人真的相信了。这时，给他一个握力器，受测者的平均握力是29磅。然后，他又对第二组人进行了催眠：我现在往你口中滴的是营养液，是泰森服用的那种，所以，你会像泰森一样强壮，越来越强壮。此时，他又让这些人去握握力器，结果，平均握力是142磅。而事实上，这两组人在清醒状态下的正常平均握力皆是101磅。

这个实验，让我们清楚地看到了心理暗示的强大力量，而这种力量，既可能是正面的，也可能是负面的。

既然心理暗示的力量如此强大，那么，在一个生命的成长过程中，若是不断地给予正面的暗示，结果又将如何呢？

海洋动物馆里有一条重达8600公斤的鲸鱼，训练师经常对它进行"跳高训练"，就是将绳子放在水面上，然后让鲸鱼从绳上跳过去。每次跳前，训练师都会亲热地对着鲸鱼喃喃低语，告诉鲸鱼它很棒，一定能跳过去。果然，大多数时候，鲸鱼顺利地从绳子上"飞"了过去，训练师随后便拿来鲸鱼爱吃的食物，算作奖赏。

一次次的鼓励，一次次的奖赏，使得鲸鱼越跳越高，最后竟能跳过6.6米。

一条鲸鱼，在不断地激励下竟能创造出奇迹，可想而知，一个人,若是内心不断地受到激励,必能创造出一番业绩来。

阿里巴巴网站的缔造者马云在谈到自己的创业历程时,感触最深的一点便是“有一点点成功,就用自己的左手温暖右手”。而左手温暖右手的过程,不正是自我激励的过程吗?正是有了这种激励,马云克服了一个又一个难关,最终将阿里巴巴打造成为出色的商业网站。而他自己,也成了50年来《福布斯》封面上第一位来自中国大陆的企业家。

人活着,就应当走一条向上的路,尽管向上的路充满了阻力。走上这样一条路,不可避免地要经受挫折遭遇磨难。当我们一身伤痕地摔倒在路上时,不要期待热心的援手与鼓励的眼神,因为人生本质上是孤独的,没有人与我们同行。困境中能够拯救我们的,唯有我们自身。当我们不断地激励自己,不断地为自己的心灵加油时,我们的内心便会油然而生一种崭新而强大的力量,这种力量支撑着我们、推动着我们努力向上走,直至到达人生的顶峰。

未来在心中

三个人在砌一堵墙。

有人过来问："你们在干什么？"

第一个人没好气地答："没看见吗？砌墙！"

第二个人抬头笑了笑说："我们在盖一幢楼。"

第三个人边干边哼着歌曲，他的笑容很灿烂："我们正在建设一座新的城市。"

10年后，第一个人在另一个工地上砌墙；第二个人坐在办公室中画图，他成了工程师；第三个人呢？他成了前两个人的老板。

是什么最终使三个人显示出天壤之别？毕竟他们曾经站在同一条起跑线上啊。机遇吗？可他们面对着的是同一堵墙；时光吗？每个人的10年都是3650天。我想，应当是他们的胸怀，决定了他们日后不同的处境。第一个人的心中只有墙；第二个人的心中只有楼；第三个人的心中却有一座城市，并且他为了心中的城市不断努力奋斗着，于是岁月最终成就了他，让他带着自己的公司去建设新的城市。

不由得想起一位雕刻家。

一天，雕刻家正全神贯注地工作，他用手中的刻刀一刀一刀地雕刻着一块大石头，一个小男孩在一旁好奇地看着他。

渐渐地，雕像从石头中显示出了自己的形状：高昂的马头、矫健的四蹄、飞扬的尾巴……最后，一匹骏马呼之欲出。

小男孩惊讶万分地问雕刻家："你怎么知道石头里藏着一

匹马？”

雕刻家很认真地对孩子说：“石头里什么也没有，但我心里有马，就把它雕刻了出来。”

我们的一生何尝不是一个雕刻的过程呢？光阴如刀，一下又一下雕刻着我们心中的梦想，直到这个梦想最终变成我们想要的模样——那就是我们的未来。

原来啊，未来并不在虚无缥缈的远方，而只在我们的心中。

劳作的幸福

哲学家乌纳穆诺曾经讲过一条引水渠的故事。

那是一条人工引水渠，修建于公元109年的西班牙塞戈维亚。1800多年来，山里的凉水经由该水渠源源不断地流进了城市。世世代代的塞戈维亚人的生活用水都依赖那条引水渠。

然而，到了最近的一代，出于保护引水渠的目的，塞戈维亚人新铺了一条铁皮水管代替原先引水入城的古老水渠。

然而，谁都没有想到，就在现代化的水管铺好不久，那条古老的引水渠就发生了质变。经过烈日的暴晒后，那些历经千年的古砖和石块开始开裂，干涸的水渠很快就到处坍塌了。

不难想象，若是引水渠依然像以前那样，日夜不停地输送清水，它一定安然无恙。或许，它还能再为塞戈维亚人服务千年。

对水渠来说，输送清水是一种劳作。这种劳作既是辛苦的，也是幸福的，更是生命里不可或缺的。因此，不再劳作的水渠，最终走向了毁灭。

其实，对任何一种生命来说，劳作都是必不可少的。水渠如此，人类亦然。

瑙鲁是南太平洋的一个美丽岛国，拥有取之不尽的鸟粪资源。每一年，单凭鸟粪输出，该国就能获得9000多万美元的纯收入。

瑙鲁的国民从来不需要工作，他们日常生活中的一应费用全由政府包干，而且他们每个人都还能从政府那里领取数额不低的零花钱。因此，该国国民一直过着养尊处优、舒适安逸的生活。

但就在这样一个看似天堂的国家里，高血压、心脏病、脑中风等疾病的患病率位居世界之首。有37%的人患有糖尿病，全国只有1.3%的人能够活到60岁，是世界上平均寿命最短的国家。

衣食无忧的瑙鲁人何以如此不幸呢？探寻下去，我们就会发现，不需劳作可能是瑙鲁人一切不幸的根源吧。

不需劳作，就意味着一个人不需进取，不需奋斗，不需与风霜雪雨作不屈的抗争……这样的一生，既没有失败的痛楚也没有成功的喜悦，更没有心灵上的磨砺与精神上的挣扎……也就是说，他们的身心都失去了成长的机会，他们的精神也失去了升华的可能。而失去了心灵的充实与精神的丰富，一个人又怎么可能拥有健康幸福的一生呢？

滚滚红尘中，几乎每一个人都在为自己为家人而劳作不已。生活的艰辛工作的沉重常常使人心怀渴望，渴望拥有一种衣食无忧的安逸生活。然而，对照一下水渠的结局与瑙鲁人的命运，我们就会发现，苍天厚爱一个人时，才会让他(她)劳作一生啊。对一个人来说，有事做、能做事，本身就是巨大的幸福。

劳作一生，幸福一生。

尊严

1976年，鉴于丁肇中发现了J粒子的杰出贡献，瑞典皇家科学院决定将当年的诺贝尔物理学奖授予他。按照惯例，颁奖典礼上，获奖者应即席发表演讲，而且使用本国的语言，也就是说，作为美籍华人，丁肇中应当用英语演讲。

然而，尽管已在美国生活多年，丁肇中仍深深眷恋着自己的祖国，他一直认为自己是中国人的后代，只不过生活在美国而已。日常生活中，他始终保持着中国的文化传统、道德观念和生活习惯。平时，他在研究工作上取得成绩后，总要到中国餐馆尝一尝家乡饭菜的风味，同餐馆老板聊一聊祖国山河与悠久历史……

得知自己荣获诺贝尔奖的那一刻，一个强烈的愿望在丁肇中的心头升起，他要让自己的母语——汉语回响在诺贝尔奖的颁奖大厅。于是，他向瑞典方面提出申请，要求用汉语进行即席演讲。

瑞典方面很快同意了丁肇中的请求，但同时他们也为难地表示：瑞典方面没有汉语翻译，而且他们也没有中文打字机，无法将丁肇中的演讲稿打印成中文。丁肇中的答复十分爽快，他说他自己就可以现场翻译，至于中文演讲稿无需打印，他可以手写一份，拿去复印即可。

遗憾的是，得知丁肇中的决定后，美国多方进行阻挠。美国驻瑞典大使亲自找到丁肇中，要求他演讲时使用英语，因为丁肇中是美国公民。对此，丁肇中理直气壮地回答："我确实加入了美国籍，但我是在瑞典而不是在美国领奖，用什么语言是我个人的事情。”丁肇中的回答让大使无言以对，他只能讪讪而去。

1976年12月10日下午4时许，在瑞典首都斯德哥尔摩音乐厅内，丁肇中和其他获奖者一道，在受奖席上就坐。军乐队奏起瑞典王室音乐，典礼开始了。诺贝尔基金会主席简要介绍丁肇中的贡献后，在庄重、悦耳的王室音乐中，丁肇中走到讲台中央的扩音器前，用流利的汉语发表了演讲。

这是自1901年诺贝尔奖问世以来，第一次有人用汉语在颁奖大厅进行演讲。丁肇中流利、清晰的话音在大厅里回荡着，通过电波，传到世界各地。

而从那第一次响彻诺贝尔颁奖大厅的汉语里，我们听到了一个炎黄子孙的民族尊严。

每天进步一点点

伯森·汉姆徒手攀上纽约的帝国大厦，在创造吉尼斯纪录的同时，也赢得了“蜘蛛人”的称号。他那94岁高龄的曾祖母听说汉姆创造了吉尼斯纪录，特意从100公里外的葛拉斯堡罗徒步赶来，她想以这一方式为汉姆的纪录添彩。谁知这异想天开的做法无意间竟然创造了耄耋老人徒步百里的世界纪录。

《纽约时报》的记者问她，当你打算徒步而来的时候，你是否因年龄关系而动摇过？老太太意味深长地说：“小伙子，要想一口气跑100公里或许需要勇气，但是走一步是不需要勇气的，只要你走一步，接着再走一步，然后一步接一步，100公里就走完了。”

是的啊，如果能够一步接一步地走下去，不要说100公里，就是1000公里也能走完。可问题在于，有多少人能够坚持不懈地一直走下去呢？

“行百里者半九十”，那些放弃的人不是因为体力不支，而是因为厌倦因为懈怠甚至因为怀疑，怀疑自己一生也走不完那“100里”。

事实上，再高的山也有顶峰，再长的路也有尽头。一个人只要持之以恒地走下去，即使走得再慢，终有一天也能到达自己的目的地。

“绳锯木断，水滴石穿”，微小的量变最终导致本质的飞跃。每天若能进步一点点，你就能创造出一个充满奇迹的人生。

一滴致命的油漆

1939年6月1日，号称当时世界最先进的英国皇家海军T级潜艇“西提斯”号前往利物浦湾开始其处女航，以便进行最后潜航试验。当时参加试验的人员共有103人，除63名艇员以外，还有8名实习人员和32名造船厂的技术人员。

“西提斯”号驶出利物浦港1个小时后，由于压舱物过轻，首次下潜失败。艇长弗雷德里克·伍兹上尉于是下令打开鱼雷发射管的内层盖子，以便海水部分涌入，增加潜艇的重量。然而，谁都没有料到，鱼雷发射管的内层盖子一打开，数以百吨计的海水顿时以迅雷不及掩耳之势涌入潜艇的第一、第二间隔舱。重量激增的潜艇随即一头朝下，迅速沉入海底，此后再也未能浮起。

“西提斯”失事后，艇上人员除了4人成功逃生外，其余99人全都丧生海底。这场事故，被称为英国“最惨重潜艇灾难”。

原来，早在“西提斯”号出海前数周，一名造船厂的油漆工在给鱼雷发射管刷油漆时，不慎让一滴油漆渗漏，粘住了一个用于防止事故发生的安全测试阀门，导致鱼雷发射管外层的盖子一直处于打开状态。而当艇长伍兹在不知情的情况下下令打开鱼雷发射管的内层盖子后，鱼雷发射管的里外双层盖子便同时处于打开状态，无遮无挡的海水汹涌而入，导致了灾难的发生。后来，人们发明了一种新装置用于防止鱼雷发射管外层盖子被意外打开。为了纪念这一事故，该装置被命名为“西提斯栓”。

一滴油漆，若是不慎滴在甲板上、船舱里或是船舷旁，是完全可以忽略不计的，可当它滴入安全测试阀门后，它就成了肇事的元凶，最终使99人葬身海底。

也许有人说，“西提斯”失事纯属偶然，可在现实生活中，这样的“偶然”却比比皆是：吸烟时随手扔下的一根烟头，就能使一栋大厦化为灰烬；争吵时随口吐出的一句恶言，就能带来一场混战；高楼上无心抛下的一粒石子，就能置人于死地……

人生无小事，许多看似不必在意的疏忽，却足以引发触目惊心的惨剧。一个人活着，就得时时反省自己提醒自己：别让“油漆”毁了自己的一生。

再破的盆里也能开出美丽的花

大海里，没有不带伤的船；众生里，没有不受伤的人。对于伤害，有的人一笑了之，有的人却耿耿于怀；更有甚者，简直如老牛吃草一般，不断咀嚼痛苦的往事。殊不知，每一次回忆，其实都是对自己的伤害。人活着，要懂得善待自己；善待自己的方式，就是清空心灵『回收站』，让自己一身轻松向前走。

不懂“规则”

每年，澳大利亚都会举行一场悉尼至墨尔本的耐力长跑，全程875公里。这项比赛，被认为是世界上赛程最长、最严酷的超级马拉松。比赛耗时5天，参赛者通常都是受过特殊训练的世界级选手，年龄一般不到30岁。

1983年，耐力长跑的赛场上，出现了一个名叫克里夫·杨的老人。老人已经61岁了，穿着条工装裤，跑鞋外面套了双橡胶靴。老人的参赛号码是64号，他将跻身于150名世界级选手中参加赛跑。

比赛开始后，穿着套鞋的克里夫·杨迈着小碎步跑了起来。不用说，他被远远地甩在了年轻选手的身后。所有的专业选手都非常清楚，为了拼完这场耗时5天的比赛，你得跑18小时，休息6小时。对此规则一无所知的克里夫·杨，夜以继日地奔跑着，实在累得受不了时，才停下来休息一会，然后继续上路。

日夜不停的奔跑下，他与领先的第一集团的距离越来越近了，到最后一晚，他超过了所有顶尖选手，到最后一天，他已经跑在了最前面。最终，他以5天15小时4分的成绩夺得了冠军，并将比赛记录提前了9小时。

克里夫·杨出生在一个农场，家里买不起马匹和四轮车。每次暴风雨快来的时候，他都得跑出去聚拢羊群。他们有2000头羊、2000英亩地。有时候，他要追着羊群跑两三天，虽然费工夫，但他总能追上它们。面对采访他的记者，他如此说道：“我相信我能跑这场比赛，不过5天时间，也就多出两天而已，我追着羊群跑过3天。”

毫无疑问，长期的农场生活培养了克里夫·杨充沛的体力与坚韧的耐力。正是凭借着这样出色的身体条件，他才顺利完成了漫长的比赛。另一方面，他之所以能够从强手如林的大赛中脱颖而出，还得益于他对规则的一无所知。设若他也像别的选手那样，每跑18小时就休息6小时，恐怕他很难战胜那些年龄不及他一半的年轻选手们。

平时我们常说“知识就是力量”，可某些时候，我们所拥有的知识反而会局限我们的想象，羁绊我们的行动。尤其是当我们面对权威、专家们所制定的条条规则时，往往本能地心生畏惧，结果只会沿着规则亦步亦趋地向前走，而我们自身的创造力，往往就在这种循规蹈矩中丧失殆尽。

“无知者无畏”，对规则的一无所知，反而促使一个人无所顾忌地向前闯，最终创造出一片新天地。而这个世界的纪录，往往都是那些勇于创新的人创造出来的。

激励之道

查理·斯瓦伯担任卡耐基钢铁公司第一任总裁时，发现自己管辖下的一家钢铁厂的产量很落后，便问厂长："这是怎么一回事？为什么产量总是落后呢？"

厂长回答："说来惭愧，我好话丑话都说尽了，甚至拿免职来恐吓他们，可他们软硬不吃，总是懒懒散散的。"

那时正是日班工人即将下班、夜班工人就要接班的时候。斯瓦伯向厂长要了一支粉笔，问日班的领班："今天炼了几吨钢？"

领班回答："6吨。"

斯瓦伯用粉笔在地上写了一个很大的"6"字后，默不作声地离开了。

夜班工人接班时，看到地上的"6"字，好奇地问是什么意思。日班工人说："总裁今天过来了，问我们炼了几吨钢，领班告诉他6吨，他就在地上写了一个'6'字。"

次日早上，日班工人前来上班，发现地上的"6"已被夜班工人改写为"7"；知道输给了夜班工人，日班工人内心很不是滋味，他们决心给夜班工人一点颜色看看。那一天，大伙加倍努力，结果他们炼出了10吨钢。于是，地上的"7"顺理成章地变成了"10"。

在日、夜班工人你追我赶的竞争之下，工厂的情况很快得到改善。不久，该厂产量竟然跃居公司所有钢铁厂之首。

只用一支粉笔，斯瓦伯便扭转了乾坤，他所采用的，该是怎样高明的激励之道啊。

说起激励，我们往往想到丰厚的奖金、豪华的房子、名贵的车子……是的，所有这一切都能激发一个人力争上游，创造出好成绩。然而，物质上的激励所起的作用往往是短暂的，随着时间的延长，效果越来越差，直至为零。

真正高明的激励之道还是从精神上入手的。即使是最平庸的一个人，内心也有着自尊自强的一面，一旦激发他（她）向上的激情，他（她）就能创造出令人目瞪口呆的业绩。就像斯瓦伯，只用一支粉笔便激发出工人们争强好胜的天性，在你追我赶的竞争之下，工人们的潜能被极大地调动起来，他们不断地超越自我，最终创造出骄人的成绩。

精神的力量是无穷的。一个人内在的激情一旦被点燃，什么奇迹都可能创造出来。

自信

英国著名戏剧家萧伯纳应邀到俄国访问。有一天，他漫步在莫斯科街头，遇到一位可爱的小女孩，一时兴起，便高兴地与她玩起游戏。

分手时，萧伯纳得意地对小女孩说：“回去告诉你妈妈，今天同你玩耍的是世界上鼎鼎有名的萧伯纳。”

谁知小女孩望了萧伯纳一眼，学着大人的口气，骄傲地说：“你也回去告诉你妈妈，今天同你玩耍的是小女孩安妮。”

这个回答使萧伯纳大吃一惊，他立刻意识到自己的傲慢。

事后，他感慨地对朋友说：“一个人无论有多大的成就，对任何人都应该平等相待，常常保持谦虚的态度。”那个名叫“安妮”的俄国女孩，给萧伯纳留下了终身难忘的教训。

然而，从安妮的身上，我却看到了真正的自信，看到了一个孩子面对“大人物”时所拥有的坦然自若的气度。

“自信”是个简单的词语，它的意思人人能懂，可在这个世界上，能够真正拥有自信的，又有几人呢？看看我们的身边，有多少“粉丝”为了偶像又哭又笑，甚至不惜血本地到处追逐偶像的行踪，他们哪有自信呢？又有多少官吏，在上司面前奴颜媚骨卑躬屈膝，他们何来自信呢？还有多少普通人，一旦面对明星政要，便手足无措受宠若惊，他们的自信又从何谈起？……

自信有着丰富的内涵，它的底色是自尊。一个自信的人，任何时刻都拥有自我的尊严,哪怕身处社会的最底层,他(她)也不会看轻自己。在俄罗斯克里姆林宫工作了60多年的清洁工波利雅,就曾如此说过:“总统拾掇俄罗斯,我拾掇克里姆林宫。”

自信的骨架是平等。一个自信的人,对任何人都平等相待,面对皇亲国戚不会自惭形秽低声下气,面对贩夫走卒不会颐指气使得意忘形。在自信者的眼睛里,他(她)和任何人都是平等的。

自信的外表是坦荡。一个自信的人,一定坦荡地待人处世。他(她)不以物喜不以己悲,他(她)的世界始终海阔天空风轻云淡。对自信者来说,“心安茅屋稳,性定菜根香”。

正因为内涵的丰富,自信才拥有强大的力量,成为一种难以企及的境界。而我,倾尽一生的努力,希望自己成为一个自信的人。

改变自己与改变世界

这是一个人所共知的小故事。

很久以前，有一位国王到一个离王宫很远的地方旅行。回来后，他不停地抱怨脚非常痛，因为他所走的碎石路异常粗糙硌脚。

为此，愤怒的国王下诏，命令百姓用皮革铺好每一条路。

此时，一位大臣冒险进言："陛下，你何不用一小块牛皮包在自己的脚上呢？"

国王接受了大臣的建议，为自己做了一双牛皮鞋。

于是，有人对此总结道："与其改变世界，不如改变自己。"可问题在于，国王有了皮鞋后，原来的碎石路粗糙依旧，那些没有皮鞋的人走上去照样硌得脚痛，他们又该怎么办呢？实际上，在"改变自己"之后，国王还是应当想办法"改变世界"，否则，他的臣民始终生活在一个不如意的环境里。不是吗？

大山深处有个小村庄，村里只有一条小路通向山外；由于地势低洼，每到雨天，小路就泥泞不堪，难以行走。一旦下雨，村里人便"八仙过海，各显神通"，充分地"改变自己"。他们将木棒绑在脚上，做成"高跷"，这样就能在泥泞的小路上行走了。因此，村里的大人孩子个个都是踩"高跷"的高手，每个人都能在泥泞的小路上来去自如。但许多年过去后，那个村子贫穷依旧，落后依旧，因为村外的人谁都不想进来。

其实，村里人只要全力以赴，完全有能力将道路修好，那样即使在雨天，村里村外的人都能进出自如。可他们只想着“改变自己”，却忘了要“改变世界”，因此他们永远都生活在一个糟糕的环境里。

当然了，改变世界远比改变自己困难得多，但一个人却不应当就此放弃自己的努力。正如那个国王，在自己拥有皮鞋之后，还应当将国内的碎石路修得平整，那样臣民们才能生活在一个美好的国家里。

我一直相信，来到这个世界上的每一个人，都有着共同的使命，就是让这个世界变得更加美好——让贫穷变成富裕，让野蛮变成文明，让愚昧变成科学，让专制变成民主……唯有如此，这世界才会变成令人眷恋的人间。

金字塔里的镜子

埃及有很多开放给人参观的古迹，由于遍地沙漠，架设电源不便，几乎都没有电灯设备，尤其是深入地底的金字塔，经过几次转折，是完全漆黑的。

埃及人想出一个办法，在入口处架一面大镜子，把阳光反射进地洞，然后在每一个地道转折口都放一面镜子，阳光依次反射，最后竟能射进深达1000米的地底。不需要任何灯光的辅助，人就能在地层深处目视景物。由于埃及的阳光灿烂，初入的几段地道，光明有如白昼。

一面面镜子，犹如一位位使者，将阳光引入黑暗的地层深处。置身于深达千米而又一片光明的金字塔里，人们不能不惊叹埃及人的智慧。

是啊，正是凭借着自己的智慧，埃及人顺利地解决了地下照明的难题，将光明引入黑暗。

事实上，我们的人生不也如此吗？当我们拥有了足够的智慧，我们就能够化解人生所有的难题。

善心护佑人生

他是个普通的年轻人，在南京一家公司做销售工作。偶然的一个机会，他与一名女孩一见钟情，很快就陷入热恋。

两年的时光一晃而过，在尽情品尝爱情的甜蜜时，他们也常为生活琐事而争执。在一次次的争吵之后，女孩选择了离去，并且对他避而不见；女孩的离去，让他痛不欲生。历尽千辛万苦，他终于在深夜的街头见到女孩。面对深爱的女孩，他苦苦哀求，哀求女孩给他一次机会，让他们重新开始，但女孩却断然拒绝："我们分手吧，我们俩性格不合，在一起肯定不会幸福的！"说完，女孩挣脱他的双臂，打车急驰而去，剩下他一个人在街头泪流满面。对他来说，失去了女孩，也就失去了整个世界，活着，还有什么意思呢？万念俱灰的他，决定一死了之。于是，他到附近的超市买了瓶白酒，然后打车去了南京长江大桥。

到了桥头，他拎着酒瓶下了车。一边走，一边喝着闷酒，他打算一瓶酒喝完后，就从桥上纵身跳下，一了百了。就在他走到大桥正中央的时候，忽然看到一位老人蹲在前方的人行道上，正用笔在一件白色汗衫上写着什么。下意识地，他觉得老人是个乞丐，流落南京，乞讨为生。想到自己即将命赴黄泉，他决定将身上所有的钱财留给老人。可当他走到老人身边时，才意识到自己猜测错了——老人正在写一份遗书。

原来，老人年过七旬，家里儿孙满堂，本当安享天伦之乐的老人，却常为家里的争吵而烦心。当天晚上，因为一点小事，家里人又是一场大吵。气得浑身发抖的老人觉得活着再也没有一点意思，就来到大桥上准备跳桥。跳桥前为了给家人一个交代，老人便在汗衫上写下遗言。

眼看着老人一心寻死，他开始同老人闲聊起来，借机劝说老人放弃轻生的念头。老人没有理他，依然埋头写着遗书。他没有死心，仍然不停地劝说着：劝说老人不如意的事情多得很，凡事都要想开点；劝说老人人生没有过不去的难关，一切都会变好的；劝说老人多为家人着想，失去老人家人一定万分痛苦……可任凭他磨破嘴皮，老人仍未打消寻死的念头。无奈之下，他拨打了110报警。很快，民警就来到桥上，和他一起做老人的工作。不久，老人的家人也赶到桥上。最终，老人的情绪稳定下来，跟着家人回去了。

送走老人，他倚着护栏仰望天空，那里，高远而辽阔，而他只觉得自己的内心，如同天空一般开阔。是的，在他不停劝说老人的时候，那些让他痛苦不已的心结，已经悄然打开了。事实上，劝慰老人的话语，同样也在劝慰着他自己。正如他自己所说的那样，凡事都要想开点，不如意的事情就让它们随风而去，而生活，会在不知不觉中悄然转变……既然如此，他又何必为失恋而结束自己的生命呢？

豁然开朗的他离开大桥，走上马路，在他的眼前，是一个无比广阔的世界……

年轻人的经历真是神奇，当绝望的他邂逅绝望的老人时，心中的善念让他不忍弃老人而去，而是留了下来开导老人；当老人最终放弃轻生的念头时，年轻人自己也大彻大悟。可以说，正是年轻人的善心救了老人，同时也救了他自己。若不是拥有一颗善心，他根本不会关注老人的死活，而是一心赴死。如此一来，他的结局可想而知。

漫漫人生，每个人都是孤独的行者，没有人能够永远陪伴在身边，保护我们。当我们独自行走在变幻莫测吉凶难定的道路上时，什么才能护佑我们一生呢？才华？学识？能力？胸怀？眼光？不，不是的，这些都不是的，在我眼里，能够护佑我们一生的，唯有一颗真正善良的心灵。拥有善心的人，能够关注别人的疾苦，愿意分担别人的重负，乐于付出自己的关爱，勇于化解别人的灾难……活在世上，他们只问付出不问回报。正因为有了他们，这个世界才有了温暖，有了人情，有了美好的一切。是的，他们的善意，如同清凉的甘露，滋润着这个世界。而他们的付出，又怎会没有回报呢？心胸的豁达、心地的宽厚、情怀的悲悯、人性的温暖……所有这一切，都是生活给予他们的珍贵礼物；至于他们给予别人的帮助，也常常被人记在心里，在他们处于困境的时候，总会有人伸出援手，让他们逢凶化吉遇难呈祥——“善有善报”，这是永恒的天理。

人生路上，一颗纯净的善心，就是最好的“护身符”。

人格的力量

特蕾莎修女是1979年度诺贝尔和平奖得主，她的一生，都用来为穷人服务。

有一个黄昏，特蕾莎在路边发现一个饥饿的流浪儿。当时她身无分文，就领着流浪儿沿街乞讨。来到一家面包铺前，特蕾莎对老板说："先生，您能给这个可怜的孩子一块面包吗？"老板瞪了她一眼，"呸"的一声吐了一口痰在她脸上。

特蕾莎静静地注视着老板，说："请给这可怜的孩子一块面包。"老板呆了好一会儿才恢复过来，从铺子里拿了一块面包，递给那个孩子。

从第二天起，每天晚上，那个老板都会将当天没有卖完的面包，主动分给附近的流浪儿。

不难想象，若有一口痰猝然落在一个普通人的脸上，他该怎样的恼火与愤怒。接下来，无论是破口大骂还是挥拳相向，都在情理之中。然而，面对侮辱，特蕾莎却是如此平静，但她的平静里却蕴藏着强大的力量，一如大海，在平静的表面下隐含着惊天动地的能量。这种力量，最终使暴躁而冷漠的面包铺老板为之折服，将自己的面包主动分送给流浪儿。

从特蕾莎的身上，我们看到了伟大的人格力量；拥有这种力量的人，才是真正的勇者，正像苏轼在《留侯论》中所说的那样："天下有大勇者，猝然临之而不惊，无故加之而不怒。"人格的力量如此强大，强大到世上的一切都不能战胜它——强权不能征服，铁拳难以打垮，谣言无法污蔑……

人格的力量，是世上最强大的力量。

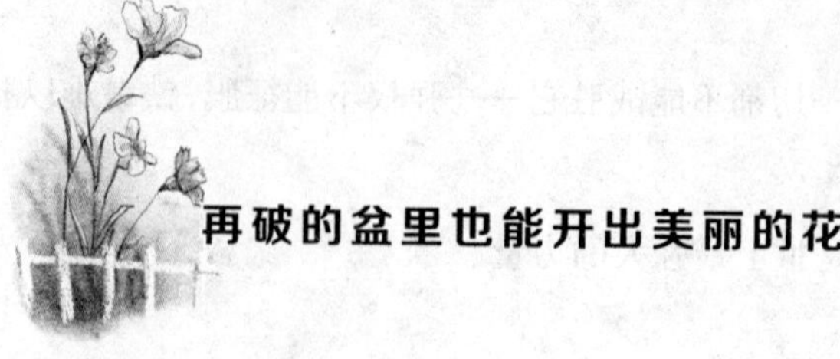

再破的盆里也能开出美丽的花

她是一个普通的女孩，普通的相貌，普通的衣着，普通的成绩……但不普通的，是她的自卑，自从八岁时的一场车祸使她只能一瘸一拐地走路后，自卑就如山一样压得她抬不起头来。清晨上学，她第一个来到学校，傍晚放学，她最后一个离开教室。平素班级里的活动，就连人人欢呼雀跃的郊游，她也从不参加，她怕那些紧盯着她的复杂目光。

她一年年地长大，也一年年地沉默。而她的同学，早已习惯了她坐在角落里的寂寞身影。

就这样一路读到了初二，她的班级换了位新的英语老师。老师姓朱，身材高挑，长发披肩，黑亮的眼睛终日笑盈盈的。

偶然的一天，放学后她正坐在空荡荡的教室里整理书包准备回家，朱老师走了进来。

“小樱子！”老师亲切地叫着她的小名，“你能帮老师一个忙吗？”

“什么忙啊？”她紧张地问道。这些年来，无论同谁说话，她的心里都充满了莫名的惊恐。

“老师想请你帮忙给花浇浇水，老师太忙了，没有时间，小樱子来帮帮老师好吗？”老师委婉地同她商量。

“好的好的！”她忙不迭地回答，激动得脸都红了。做了这么多年的学生，第一次有老师请她帮忙，怎么能不答应呢？

朱老师就住在学校的一间平房里，房子前有一个小小的院子，院子里摆满了山茶、丁香、凤仙花、鸡冠花……当然了，还有些她叫不出名字的。那一天，一走进朱老师的院子里，她就拎起喷壶，给花浇水，一盆又一盆，浇得专注而细致。老师坐在院子里，一边改作业，一边和她聊天。

那些花长得很好，缤纷的月季、含羞的茉莉、妖娆的牡丹将小院装点得生机盎然。不过，她特别偏爱的，却是一株不认识的植物，它有着清秀挺拔的枝干，枝干上长着狭长碧绿的叶子……她一直渴望知道，它会开出什么样的花。因了这份渴望，她对它充满了期待。

期待中，那株植物果然抽出了细长的花苞，花苞随着时光的流逝日渐丰满。终于有一天，当她再一次给它浇水时，惊喜地发现，花开了。那是一朵纯白的喇叭形的花，优雅地立在枝头，如天鹅般顾盼生姿，衬着碧绿的叶子，更显得仪态万方……

“真漂亮啊！”那一刻，她忘了浇水，对着花儿喃喃自语。

“好看吧？这是百合。”不知何时，老师已走到她的身边，轻轻地揽住了她的肩膀。

她无言地点了点头。

“它的花盆好看吗？”老师接着问道。

她下意识地注视着花盆。看得出，那是一只废弃的脸盆，锈得连边都没有了，可就在这样的破脸盆里，却开出了令她倾心的百合花。

“一盆花，能开成什么样子，起决定作用的，是种子，而不是花盆。只要是百合的种子，不管种在什么花盆里，都能开出百合花来……”老师温柔地揽住她的肩，娓娓道来。

那一刻，似乎有一束强烈的阳光，照彻了她布满阴霾的心空。一种难以遏制的激情，自她的心底奔涌而出。

从那以后，她就像换了个人似的，坦然地参加班级的活动，随意地和别人聊天，大胆地给学校提建议……与之相随的，是成绩的突飞猛进，从班级的第一名，又到年级的第一名，尤其是她的英语，优秀得令人望尘莫及……

大学毕业后，她参加了一家著名企业的招聘，竞争一名英语翻译的职位。她顺利通过一次次的笔试，进入了最后的面试。面试时，在一些常规问题之后，主考官突然问道："作为翻译，仪表是十分重要的，请问你如何看待自己的残疾？"

她坦然一笑，从容谈起初二时为老师浇花的经历，最后，她这样说道："这么多年来，我一直记得老师对我说过的那句话'决定一盆花的，是种子，不是花盆'；而我自己想说的是，决定一个人的，是她的心，而不是她的相貌。"话音刚落，掌声便响了起来……

如今的她，在深圳经营着自己的翻译公司。尽管她的办公室一换再换，但不变的是，办公室里始终悬挂着一条她手书的横幅：再破的盆里也能开出美丽的花。

清空心灵"回收站"

越来越害怕去看望姨妈。不是姨妈有什么不好,相反,姨妈热情善良,通情达理,我们作晚辈的都很喜欢她。可让人担心的是,每次前去看望,都会引发姨妈的"伤心事"。

姨妈年轻时生活在农村,作为民办教师,姨妈很受左邻右舍的尊重。婚后,姨夫常年在外工作,姨妈便和婆家人生活在一起。姨夫是家中长子,又是唯一在外工作的人,加之父亲早逝,姨夫成了理所当然的顶梁柱。姨妈嫁过去时,几个小叔子、小姑子的年龄都不大,他们的读书、生活费用全都由姨夫与姨妈承担了下来,直至他们全都结婚成家,姨夫与姨妈因此欠了不少债。

待到小叔子们全都结婚后,姨妈与姨夫便与他们分家单过。尽管姨夫弟兄好几个,但婆婆的生活费用几乎都由姨妈一家承担了。每个季度,姨妈便早早地为婆婆准备好要吃的粮食,要烧的柴草,还有换季的衣服。而那时,姨妈膝下已有了三个年幼的孩子,他们是我的表哥与表姐。由于姨夫常年在外,所有的家务事都落在了姨妈一人的身上,加上孩子体质又差,常年累月地生病,姨妈的负担可想而知。

生活的艰辛并不可怕,让姨妈寒心的是婆婆与小叔子待她的态度。那时候的婆婆总以为自家儿子挣钱很多,三天两头地向姨妈要钱。其实,这么一大家人要吃要穿,孩子又经常生病,姨夫与姨妈的工资经常入不敷出,手头哪里有什么余钱?于是,作婆婆的,非但不帮姨妈照应孩子，还三天两头地指桑骂槐，说姨妈把钱全都贴补给了娘家。姨妈不愿与她争吵，却气得偷偷落泪。而两个小叔子，对嫂子不但没有照应，还常常将姨妈地里的蔬菜，院里的柴草偷偷地抱回自己家……

令姨妈伤心的事情还有很多很多。有一年姨妈正在吃午饭时，邮递员送来姨夫寄回来的工资，恰好被婆婆看到了。于是，婆婆便向姨妈要钱，而那些钱，是为生病的表哥准备的医药费。于是，姨妈便向婆婆解释，请她再等一段时间。谁知婆婆二话不说，直奔厨房，将锅里的饭铲起来往地上倒，一边倒一边骂："你不给我钱，饭也别想吃……"这一幕，如刀割一般留在了姨妈的心上，令她永世难忘。更可怕的是，类似的事情不止一件。有一次表姐生病住院，想吃咸米粥，忙得不可开交的姨妈便托小叔子去生产队预支30斤大米。谁知，30斤大米到了姨妈手上时，只有20来斤了……

后来，姨妈的民办教师转了正，一家人也从乡下来到了姨夫工作的城市，姨妈的境况才真正好转。但那些令姨妈伤心的往事，却永远地留在了姨妈的心里。在我成年之后，每次去看望姨妈，她都会对我提起，说到伤心处，眼圈都红了。我能理解姨妈，她吃了太多的苦，所以，每一次，我都耐心地听着，甚至陪着她落泪。但更多的时候，我还是劝姨妈想开点，毕竟那都是过去的事情了，而姨妈今天的生活才是最重要的。可面对我的劝说，姨妈总是固执地回答："那些事怎么能忘呢？我一辈子都不会忘！"可不忘又能怎么样呢？一次次的回忆，其实就是将自己的伤口一次次地撕开，这样做对自己何尝不是另一种伤害啊！因此，越来越怕去看望姨妈，怕她一次次沉浸在回忆里。

其实，今天的姨妈是相当幸福的。姨夫对她很体贴，两个人的退休工资也不低。而我的三个表哥表姐全都学业优秀，先后考进了大学，如今全都事业有成，家庭幸福，对姨妈相当孝顺。每每走在院子里，总会有同龄的老人向姨妈投来羡慕的目光，更有人搭讪着夸姨妈好福气。

姨妈自己觉得自己幸福吗？我不知道，但我知道，当她沉浸在回忆中时，她是痛苦的，因为那些往事重又回到了她的面前。可回忆又有什么用呢？无论是婆婆的刻薄，还是小叔子的自私，都已成往事了；即使姨妈再恨他们，对他们也不起任何作用，而姨妈自己却在一次次的回忆中受伤。

又该怎么对姨妈说呢？人生有些事是需要淡忘的啊。就像电脑，系统中专门配置了“回收站”，用来收集那些删除掉的文件与程序。我们的心灵何尝不需要“回收站”呢？用来回收我们痛苦的往事还有不堪回首的经历。电脑的“回收站”需要定期清空，否则就会影响电脑的正常运行。而我们心灵的“回收站”若是不能及时清理，我们的心灵也会受到毒害的啊。

但愿有一天，姨妈能够清空自己心灵的“回收站”，从而全心全意地享受当下的幸福生活。

外婆常说的几句话

外婆过世多年了，可母亲和我聊天时，常会说起外婆，说起外婆常说的几句话。

“家有黄金堆百斗，不如送儿上学堂。”外婆常常这样说。

我的母亲，生于上个世纪40年代初。在那样一个时代，在偏僻的苏北乡村，不要说女孩子，就连男孩子，能够上学的，也不多。然而，当我的母亲到了学龄时，外婆却决定送母亲上学。这一决定，几乎遭到了全家人的反对，尤其是当家的老太爷，更是气得瞪圆了眼睛：“你们看看前后三庄，有谁家的闺女上学了？好好在家待着，学些针线活，上什么学堂！”尽管老太爷执意反对，但一向孝顺的外婆却异常坚定，她一定要将自己的女儿送进学堂里。于是，我的母亲最终成了村里第一个上学的女孩。而学费，用的是外婆的私房钱。母亲这一读，就读了十多年。在三年困难时期，为了让母亲顺利完成学业，外婆连自己的嫁妆都卖掉了。高中毕业后，母亲未能考上大学，求学生涯就此结束。而我相信，若是母亲能够考上大学，外婆一定会全力以赴，支持母亲完成学业的。后来，我的母亲就是凭着自己的高中学历，找到了人生的第一份工作。如今的母亲，早已退休，靠一份退休金安度晚年。回首人生，若没有外婆当年的远见与果断，今天的母亲哪里会有如此安宁的生活呢？

“人行好事，不问前程。”外婆也爱这样说。

我的外婆与外公，凭着自己的勤劳苦干，积攒下一份殷实的家业。那时候,外婆家有一座大大的院子,前有车棚与过道,中有东西厢房,正屋是一栋两层的小楼。这样的人家,自然很受乞丐的青睐。一年到头,总有乞丐在外婆家门前停下脚来,而每一次,外婆都会让他们满意而去。有一年春天,大批逃荒的人从外婆家门前经过,其中有一个年轻的女子带着两个年幼的孩子。也许是因为实在走不动了,那个女子没有随着别人继续逃荒,而是在外婆家的车棚里住了下来。一家三口,就靠挖野菜度日。可那些青涩的野菜,又怎能填饱大人孩子的肚子呢?于是,吃饭的时候,外婆总是给他们送饭,一碗又一碗,直到他们吃饱。见外婆如此照应逃荒的母子仨,就有邻居劝告外婆:你对她们那么好有什么用呢?将来她们走了,可能连你是谁都不记得呢。面对邻居的劝说,外婆只是淡淡一笑,道一句"人行好事,不问前程"。待到秋天,母子仨告别外婆一家,返回了自己的故乡。从那以后,她们再不曾回来看过外婆。于是,又有邻居笑话外婆,你看你多傻,费那么大的力气照应别人,结果得到什么了?面对别人的闲言碎语,外婆仍然淡淡一笑,道一句"人行好事,不问前程"。是啊,当初外婆收留那一家三口时,所图的并不是她们的回报啊。

"头上三尺有神灵。"外婆还爱这样说。

在外婆生活的那个时代,婆婆就是媳妇头上的一片天。而外婆的婆婆,恰恰是个特别厉害的老人,对外婆分外苛刻,将所有的家务事,全都压在外婆的身上。偶尔外婆生病,老人非但没有丝毫的体贴,反而指桑骂槐地数落外婆。为此,外婆不知落过多少泪水。但再强势的婆婆,也敌不过时间,她终有衰老不堪的那一天。当外婆的婆婆终日躺在床上依赖别人的照顾时,她开始察看外婆的脸色了。然而,不论何时,对待自己的婆婆,外婆始终是温言细语,至于老人的饮食，外婆更是用心，一日三餐不停地变换花样，为老人做好可口的饭菜。到了晚上，外婆总是早早地烧好热水，为婆婆洗脚。换下来的裹脚布，外婆更是用心去洗，每次洗好后，外婆都要举着裹脚布对着太阳照来照去，只要上面还有一点点污迹，外婆就要重洗。面对外婆的精心照应，我的母亲很是不解，她问外婆："奶奶对你那么坏，为什么你还要对她那么好？"而外婆，很严肃地回答我的母亲："头上三尺有神灵。"对于这句话，起初我的母亲并不能明白，一个人做什么，跟神灵有什么关系呢？后来，母亲慢慢懂得，所谓的神灵，不过是外婆的良心，外婆愿意善待每一个人，哪怕那个人是曾经伤害过自己的婆婆，若是衰老的婆婆无人照应，外婆的内心是不能安宁的。而在外婆的精心照料下，老太太度过了一个舒适的晚年，在一个冬天的夜晚无疾而终，享年86岁……

如今，我的外婆早已不在人世了。可我，却时常想起她，想起她常说的几句话。我的外婆不识字，可她却明白世上最高深的道理；我的外婆不信佛，可她却拥有一颗佛心；我的外婆没地位，可她却是我心里最敬重的人。而我相信，在我们这个古老的民族里，如同外婆一般的人还有很多，他们勤劳，他们善良，他们坚韧，他们聪慧……他们，拥有着无数的优秀品质，他们为家庭与社会创造了美好的生活。在历史的长河里，他们默默无闻，可他们，却是我们这座民族大厦的基石。

最爱的，就是最好的

多年来，我家的早餐模式一成不变，始终是稀饭配面点。当然了，面点的种类丰富得很，街上卖什么，桌上就有什么：包子、馒头、面包、蛋糕……但对所有的面点，母亲皆不满意，她嫌包子太油，面包太暄，蛋糕太甜，馒头没发好……常常地，母亲一边抱怨一边感叹：要是能吃到老家的大饼就好了。

离开老家几十年了，母亲依然对大饼念念不忘。那种大饼，在平底锅上烙好后，绵软、柔韧，充满了小麦原始的芬芳，母亲对它爱到极点。但在这个远离老家的地方，哪能找到母亲想要的大饼呢？

前不久，父亲散步时发现一家菜市场的门口竟然有大饼在卖。惊讶不已的父亲走过去与摊主一聊，才知道他正是从我们老家出来打工的，在这里卖大饼为生。大喜过望的父亲，立刻买了两块大饼回家。那一天的早餐，母亲吃得心满意足，边吃边赞叹不已："还是咱们老家的大饼好吃。"

从此以后，大饼成了母亲固定的"早餐伴侣"，而母亲，再也不曾抱怨过什么。

在母亲的眼中，大饼就是世界上最好吃的食物，哪怕你拿顶级的燕窝来换，她也不会理你。

最爱的，就是最好的。不只是母亲，其他人也是如此。

樱是我的好友，她的首饰，数不胜数，大多华贵而高雅。然而，樱最爱的，却是一枚极其廉价的塑料戒指。

多年前，樱的男友初涉商海，就被人骗得血本无归。就在所有人都劝说樱离开他的时候，樱却决然地嫁给了一无所有的他。新婚之夜，在那间租来的简陋农民房里，他为她戴上了从地摊上买来的塑料戒指："宝贝，真对不起你，让你受了这么多的委屈。将来，我一定要送给你一枚真正的钻戒。"

果然，他牢记着自己的承诺，一步一步地走了过来，成了年薪百万的企业老总。尽管他后来送给她的首饰，一件比一件昂贵，一件比一件华美，但樱最爱的，依然是新婚之夜戴在指上的那枚塑料戒指。对她来说，它就是全天下最美丽的戒指。

其实，在每一个人的内心深处，都相信"最爱的，就是最好的"。不是吗？别人眼中顽劣不堪的少年，在妈妈心里却是天底下最可爱的宝贝；别人毫不在意的一件衣服，只因是他出差时千挑万选带回来的，她就认定它是最漂亮的；别人满不在乎的一盆月季，只因是你亲手栽下的，你便觉得它是天下最美的……

最爱的，自然就是最好的。这样的一份爱，让我们的人生坦荡、自信，充满了尊严。

女人是一棵树

曾经,她是个非常幸福的女人:自己事业有成,丈夫恩爱体贴,女儿乖巧上进。一个女人,拥有这一切几乎拥有了天堂。

然而,就在女儿24岁那年,厄运突然降临了。这个刚从复旦大学新闻学院走出不久的高材生,竟然患上了癌症。在与病魔苦苦抗争半年后,女儿最终松开了母亲的手,离开了这个世界。

女儿的离去,把她的心都掏空了。浑浑噩噩中,她不知今为何夕。苦难中,她紧紧地偎在丈夫的胸口,那是她尘世中最温暖的港湾。

不幸的是,半年之后,她尚未从丧女之痛中解脱出来,丈夫竟然向她提出了离婚。望着绝然远去的丈夫,她感到自己的世界彻底崩溃,阵阵绞痛中,她瘫倒在地——她的心脏病发作了。

那些灰暗的日子里,她一直将女儿的骨灰盒放在床上,似乎如此一来,心爱的女儿依然陪伴着她。这种状况持续了很久,直到最后她在别人的劝说下,准备让女儿回归自然。

整理女儿的遗物时,她意外地发现了一本琼瑶的小说,顺手一翻,里面的情节竟然同自己的经历一模一样。那一刻,她愣住了,冥冥之中,她似乎听到了女儿的声音:“妈妈,你一定要好好活下去!”女儿的话强烈地震撼了她,心如死灰的她感到一种活力正从自己的心底涌起,好像女儿的精力正在她的身上重生。那一刻,她决定,为了亲爱的女儿,自己一定要好好活下去。

重新振作起来的她开始积极地面对生活，并且渴望再次成就一番事业。为此，她作出了一个让朋友们瞠目结舌的决定，在“知天命”之年重返大学进修服装设计。

背起沉甸甸的书包，她走进了纺织大学，开始刻苦攻读。只用了三个星期，她就学会了画时装画。这对于一个从没有绘画经验的人来说，既需要不凡的悟性，更需要加倍的努力。

在纺织大学整整一年超强度的学习，使她掌握了过硬的专业知识。一年后，她以优异的成绩考取了高级服装设计师资格。

走出校门的她，开始热火朝天地准备自己的旗袍发布会。那些日子里，她闭门谢客，亲手设计出140多套旗袍。多才多艺的她，最终自编自导自己配乐出演了一场“东方女性东方韵”旗袍秀。这场演出，让她一鸣惊人。

接着，她又倾囊而出，创办了“霞芳旗袍有限公司”。短短几年时间里，她将公司经营得风生水起：三次在上海国际服装文化节上获得“著名品牌奖”，还在世界航空服装博览会上一举夺得两项大奖。这一系列的荣誉，为她赢得了很高的声誉，慕名而来定制旗袍的人络绎不绝，就连琼瑶，也专程请她为电视剧《情深深雨濛濛》设计剧中所需要的全部旗袍。她的努力，渐渐地使旗袍从中国走向了世界；她为希拉里竞选议员设计的旗袍让曾经的美国第一夫人一见倾心，亲笔致信予以感谢：“亲爱的李女士，谢谢，谢谢！非常感谢！您为我设计的服装是世界上顶尖的……”

她就是“旗袍皇后”李霞芳，一个历经人生苦难依然活得光彩照人的女人。

说起女人，我们最先想到的是鲜花。是的，女人诚如鲜花一样鲜艳娇柔光彩照人，然而，花开只有一季，凋谢之后的寂寞与凄凉又有谁堪忍受？况且，尘世间的鲜花又经得起几番风雨？说起女人，我们还会想到青藤，是啊，几千年来山歌不是一直这样唱的吗：“山中只见藤缠树/世上哪有树缠藤/青藤若是不缠树/枉过一春又一春”可有朝一日大树不幸倒下了，青藤又该怎样活下去啊？

真正的女人其实是一棵树，一棵独立而自由的树，一棵挺拔而茂盛的树。一棵树，无论风吹雨打，还是雪压霜侵，总是默默地挺立着，深深地把根扎进泥土里，等到太阳升起，我们又能听到树叶的沙沙声，那是树的歌唱啊。而坚强如李霞芳的女人，不正是这样一颗树吗？春天，树有鲜嫩的叶子；夏天，树有迷人的花朵；秋天，树有芳香的果实；即使到了繁华落尽的冬天，树，依然有一种庄严肃穆的美！

终其一生的努力，女人，往往会长成一棵树。

幸福是一种能力

「幸福是一种感受，你若感到幸福，你就真的幸福。」这样的话，常有人说起。但问题是，为什么外部条件相同的两个人，却一个常常幸福另一个却常常不幸呢？原因无它，他们拥有幸福的能力各不相同。是的，幸福确实是一种能力——一种从黑暗中捕捉光明的能力，一种从苦涩中品尝甜蜜的能力……

过去了，过去吧

“过去了，过去吧。”——这是再婚后的那英，谈及高峰时所说的一句话。

我从心里喜欢这句话。是啊，一个人，唯有放得下那些伤痛的往事，才有力量向前走去，才有可能找到真正属于自己的幸福。那英自身的经历，便是最好的说明。

从时间上来说，所有发生过的事情，都意味着“过去了”；但在一些人的心理上，又有多少事情，始终未能“过去”呢？

我的姨妈，是位慈爱善良的老人。她的几个孩子个个事业有成，孝顺有加。姨妈自己也身体健康，退休金丰厚。按理说，姨妈应当过得很幸福，可实际上，姨妈过得并不开心。

多年以前，姨妈与姨夫结婚不久，姨夫便去了外地工作，姨妈与婆婆留在了老家。她的婆婆，是位非常刻薄的老人，平时从不曾帮帮姨妈照应孩子、料理家务。偶尔，姨妈的娘家人前去小住，她的婆婆也是指桑骂槐没有好脸。有一次，姨妈高烧躺在床上动不了，婆婆见了，非但不曾问候一声，反而站在姨妈的门旁破口大骂，骂姨妈好吃懒做装病不干活。病床上的姨妈，气得全身发抖眼泪直流。最后，还是邻居看不下去，将婆婆拉走了……

尽管后来姨妈远离了婆婆，带着孩子们到了姨夫那里，但婆婆带给姨妈的伤害，却让姨妈终身难忘。几十年来，姨妈不断提起当年的伤心事，每次提起，姨妈总是泪眼婆娑……儿女们也曾劝过姨妈，让她忘了当年的那些事情，可每一次，姨妈都边擦眼睛边说：“怎么忘得了呢？那些事都刻在了心上。”那些发生在几十年前的痛苦往事，就这样成了横亘在姨妈与幸福之间的一堵墙。

还有我的朋友小柳，同样对自己受到的伤害耿耿于怀。

读大学时，小柳是系里最优秀的学生，年年都拿头等奖学金。毕业那年，系里正好有一个保研的名额，大家都认为非小柳莫属，小柳自己也觉得理当如此。结果名单公布时，大家全都傻了眼，保送读研的竟是系里一个成绩平平的男生。小柳后来才知道，那位男生的父亲，是市里的一名官员。也就是从那起，小柳恨透了那名男生。毕业十多年了，一遇到不顺心的事情，小柳就会咬牙切齿地诅咒他：“要不是因为那个混蛋，我现在也不会这么倒霉……”我也曾对小柳说过，过去的事情就让它过去吧，可小柳只是柳眉倒竖回应我：“为什么要过去？是那个混蛋害了我。”是的，那个混蛋确实伤害了小柳，可小柳的一次次回忆，难道不是对自己的一次次伤害？这样的伤害，最终使小柳与幸福失之交臂。

活在这个世界上，没有谁能够一帆风顺。人生的道路上，总会有不期而至的挫折与打击，甚至还会有恶意的中伤与谩骂。所有这一切，都会给人带来莫大的痛苦。一个人要想活得幸福，就一定要拥有化解痛苦的智慧，懂得如何包容痛苦，消化痛苦，吸收痛苦，最终将痛苦化作通往幸福的桥梁。

人生漫长，总要经历许多事情。那些痛苦的往事，就让它们随着时光流走吧。若是实在无法忘怀，那就让它们静静地留在心灵深处，不再提及。唯有如此，一个人才能告别痛苦，找到真正的幸福。

总有幸福在前方

儿子六岁那年，她的婚姻因丈夫的外遇而结束。离婚的她，不只失去了挡风遮雨的住房，还失去了儿子的抚养权。那一天，失魂落魄的她茫然走在大街上，任自己的泪水汹涌而出……

离婚不久，她又因工厂停产而下岗。为了生存，她到处奔波，做保姆、摆地摊、卖鲜花……后来，她在一家私人小厂里找到一份做磁性纱窗的工作。一天早上，提前上班的她被安排去剪磁角。由于缺乏经验，她的左手大拇指的大半片指甲一下被铡刀切掉了，鲜血直流。为了逃避责任，老板在为她敷上云南白药后，当场为她结清工资，辞退了她。

拿着可怜的薪水，她舍不得去医院，而是回到了家里。当天晚上，感染的伤口一下一下跳着疼，疼得她在床上打滚。那一刻，她感到活着是如此艰难，她再也无力支撑下去了。不由自主地，她想起了儿子。自从离婚后，狠心的前夫就再也不曾让她见过儿子一次。见不到儿子，活着还有多少意思呢？生活的艰辛，前途的渺茫，还有无法见到儿子的痛楚，让她万念俱灰。

她选择了绝食，一连四天水米未进。年迈的母亲守着她，劝了又劝，可她，总是一言不发。万般无奈，母亲找来了她最好的朋友。望着她奄奄一息的样子，好友潸然泪下："你真傻啊，就算你不为自己着想不为母亲着想，难道你也不为儿子着想？总有一天他会来找妈妈，那时你让他到哪里去找……"犹如当头棒喝，好友的一番话让她彻底醒悟过来。是啊，就算为了儿子，自己也该好好活下去啊……

一年之后，当她在夜市的地摊卖东西时，前夫走了过来，拉起了她的手说："跟我回家吧，儿子一直吵着要妈妈……"

复婚后的生活很平静。她买菜做饭，接送孩子，日子过得忙忙碌碌。然而，让她没有想到的是，几年之后，丈夫再度有了外遇。这一次，她果断地与丈夫离了婚，而儿子，坚定地站在了她的身边。

离婚之后，她静下心来问自己，这一生，自己到底该去做什么？在几夜的思考之后，她决定拿起笔，去做一个以稿费为生的自由撰稿人——因为自中学起，她就酷爱写作，将近20年来，手中的笔一直陪伴着她，一天也未曾放下过。

很快地，她根据自己的经历写出一篇《中年下岗》，然后投了出去。一周之后，文章在当地的报纸上登了出来。初战告捷，使她信心大增，她更加勤奋地写了起来。她要求自己，每天至少写出两篇文章来。然而，以文为生毕竟是条艰难的道路，况且她又是新手，文章发表的比例并不高。最初她的稿费少得可怜，每月只有200多元。这点钱，根本无法维持她与儿子的基本生活。无奈之下，她只好等菜市场收摊后，悄悄去捡人家扔掉的烂菜叶子回来充饥。有段时间，她的全部家底只有70元，为了省钱，她去批发了几箱方便面，一日三餐，她和儿子就靠方便面度日……

对于真正坚强的人来说，苦难其实是人生最好的营养品。人世的艰辛阅历的丰富，使她对生活多了几分敏锐的洞察与领悟，这使她在文章中总能写出打动人心的细节，而自身的坎坷经历，又使她对弱者多了一份同情与理解，这种心态，又使她的文章多了一份悲天悯人的情怀，令人动容。一路写来，她的文笔越来越成熟，思想越来越深刻，写作的范围也越来越广泛。在她的笔下，既有幽默风趣的城市笔记，又有真挚动人的情感美文，还有发人深省的生活感悟与催人泪下的真情倾诉……她的文章，赢得了大量编辑的青睐与读者的欣赏，为她赚取了越来越多的稿费。

几年的打拼之下，她的稿费已达每月四五千元。这笔钱，足以让她与儿子过上衣食无忧的生活。而在不知不觉中，新的爱情又降临了，一个暗恋她多年的男子勇敢地走到她的身边，成了她的亲密爱人。事业的成功，爱情的美满，给她带来了真正的幸福，那甜如蜜醇如酒的幸福，让她深深沉醉。

多少年来她一直相信，风雨之后必有阳光，苦难之后必有幸福。而一路向前的她，终于在人生之路上，与幸福不期而遇。

母亲的抉择

这是一个普通的家庭，这也是一个幸福的家庭。

父母都是山村小学的教师，一双儿女功课相当优秀。一家人虽说不上富裕，可围坐一起吃饭时，总有笑声从桌上飞出来。男孩女孩雄心勃勃地谈着他们的理想抱负，父母则用充满爱意的目光注视着他们。

但是有一天，孩子的母亲得了白血病，一瞬间，美满的家庭几乎陷入了绝境。看病花了很多钱，本就不富足的家立刻捉襟见肘，尽管学校里有些捐款，可对于这种致命的病来说简直是杯水车薪。绝望一天天地逼迫着这个家，孩子们的学费都快拿不出来了，而即使找到相配的骨髓，他们也拿不出那么多的钱来。

后来发生的事情让人不愿相信，为了不拖累这个家，为了让孩子们能够继续读书，母亲用一瓶安眠药结束了自己的生命。

多年之后，两个孩子一个留学美国，一个在读博士。

那个母亲若是九泉之下有知，她一定会为自己的孩子感到欣慰，毕竟，当年正是为了给孩子们一个美好的前程，她才选择了那样一条路。在遗书中，母亲如此写道："有一天当你们成功了，不要忘记到坟上告诉妈妈，而妈妈所做的这一切，全是为了要你们比我幸福。"

孩子们真的成功了，可他们真的幸福吗？一想到自己的成功是用母亲的生命换来的，他们的内心还能安宁吗？失去了内心的安宁，一个人还能有多少幸福可言呢？

我也是母亲的女儿，然而，我宁愿中途辍学，我宁愿一生贫穷，我宁愿一世平庸，也要母亲活着，坚强地、勇敢地、执著地活着。我多么希望，每天一推开家门，就能看到母亲的面容，听到母亲的笑声，即使听不到母亲的笑声，也还能感受到母亲的呼吸，对女儿来说，那就是世界上最幸福的时刻。而只要母亲活着，她就是女儿在尘世的天堂，就是女儿最坚实的依靠。我要和母亲手拉着手，一起来面对命运的残酷，一起来面对疾病的肆虐，一起来面对生活的艰辛……

然而，母亲还是去了，因为在她的天平上，儿女的前途比自己的生命更重要。母爱是伟大的，也是悲壮的，可作为女儿，我只希望母亲选择活下去。

苍天在上，我祈祷：祈祷普天下的每一位母亲都能够平安地活着，永远也不需要面对这样的抉择。

幸福的人不需要彩票

我和表妹在街上闲逛。路过一家彩票销售点时，我拉着她停了下来。掏出钱，我买了10张彩票。留下5张后，我将另外5张送给表妹。出人意料地，表妹无论如何也不接受："姐姐你自己留着吧，我从来不买彩票的。"表妹一再坚持着。

没办法，我只好将彩票全都收了起来，继续与表妹边走边聊，话题都与彩票有关。直到那时我才得知，多年来，表妹竟然从未买过一张彩票。从最初的"即开型彩票"到后来的"福彩"与"体彩"，表妹始终避而远之。

面对我疑惑的眼神，表妹说："买彩票无非是为了中奖，为了过上好日子。可我觉得，一个人的福分是一定的，这方面多了，那方面必然就少了。你看我，现在过得挺好的，爸爸妈妈身体都不错，老公和孩子也不要我操心，要是凭空中什么大奖，恐怕不是什么幸福，而是灾难……"那一天，表妹侃侃而谈。分手时，她调皮地冲我扮了个鬼脸："姐姐，幸福的人不需要彩票。"说完，表妹翩然而去。

表妹走了，可她的话却深深地震动了我。回家的路上，我不断想着表妹还有她说过的话。表妹是个会计，妹夫是个工程师，他俩在一个公司上班。由于公司效益欠佳，表妹与妹夫的收入都不高，在这个城市里只属于中下等。然而，这么多年来，我从未听到表妹抱怨过一句，在她的身上，更见不到一丝一毫的寒酸与潦倒。表妹心灵手巧，他们一家人的衣服几乎都由她一手包办。买来的布料，从设计、裁剪到缝纫,表妹一气呵成。表妹做出来的衣服,无论式样还是做工,都堪称一流,与专卖店里的服装相比,毫不逊色。再说妹夫,为人忠厚正直,对表妹非常体贴。他还有一手高超的厨艺,普通的萝卜白菜到了他的手下,都会变成人间美味。至于小侄女,功课上的事情从不需要父母操心。家里忙时,小家伙还能帮着买菜做饭……表妹的家不大,小巧的两室一厅布置得清新雅致,尤其是室内的窗帘、桌布等饰物,总是随着季节而变:初春,是嫩绿色的;仲夏,是淡蓝色的;深秋,是暖黄色的;寒冬,是粉红色的。再加上室内外生机勃勃的花花草草,让人一眼就能看出,屋子里住着的,是热爱生活的一家人……

在这个浮躁的时代,无数的人都在发财的路上狂奔,渴望自己手中的钱多点再多点,渴望"500万"的馅饼能砸在自己的头上。可在追逐金钱的道路上,又有多少人与幸福失之交臂呢?回过头来看一看表妹,看一看她优雅的衣着从容的举止,看一看流淌在她眼角眉梢的恬淡笑容,我得承认,表妹确实是个活得很幸福的人。

而幸福的人,真的不需要彩票。

独自起舞

留意她，缘于她的举动。

在一棵玉兰树下，她静静地站着。随后，左脚轻移，右脚跟上，接着，右脚轻移，左脚再跟上。然后，双臂高举，双手交握，旋转起来……

突然间，我悄然大悟——原来，她在跳舞。

她竟然在跳舞？夏夜的街心公园里，多的是休闲的人们——聊天的聊天，散步的散步，发呆的发呆……唯有她，独自起舞。她的舞姿，既不轻盈，也不曼妙，甚至可以说，她的舞姿很生硬很笨拙。可这又有什么关系呢？她照样随心而舞。

眼前的她，身材臃肿，头发蓬松，穿一身碎花的睡衣，脚上是一双黑色的布鞋。看上去，像个五六十岁的大妈。可她，为什么不和别人一起跳舞呢？不远处的广场上，就有一大批与她年龄相仿的人们，她们正随着音乐扭动腰肢呢。

也许，她的举动太过独特了吧。不时地，有人站在她的附近指指点点，离去时，风里传来“神经病”之类的话语。可她，毫不在意，依然沉浸在自己的舞蹈里。

她是谁？她来自何方？她的身后有着怎样的故事？对此，我一无所知。但我知道的是，她一定是个心中有梦的人。也许，在她年少的时候，她就憧憬着，有朝一日能在舞台上翩然起舞。五彩的灯光下，她那轻盈的舞姿翩若惊鸿，矫若游龙，吸引着所有人的眼光。一曲终了,掌声如潮,鲜花如潮……然而,生活是那样的残酷,她从未有过登台的机会。像世间大多数女子一样,她工作,结婚,生儿育女……生活的步履总是匆匆而过,真正属于她自己的时间少得可怜;至于舞鞋与练功服,早已束之高阁了。但我相信,在沉重的工作之外,在烦琐的家务之外,总会有那么一刻,她痴痴想起年少时的梦……时光流去,她渐渐地老了,儿女们也各自成家了。人生至此,她终于有了一点空闲的时间。每天晚饭后,收拾好满桌的杯盘碗筷,她步出家门,走进街心公园。在那棵熟悉的玉兰树下,她开始独自起舞——那是独属于她一个人的舞蹈,怎能和别人共舞呢?可以想象,当她踏着心中的节拍轻轻舞动时,她的心灵一定轻盈而洒脱。那一刻,可以暂离平淡的生活;那一刻,可以摆脱乏味的家务;那一刻,可以重温年少的梦想……没有喝彩又如何?没有掌声又怎样?独自起舞,她为的是她自己。

不过,恐怕她永远也不会知道,在离她不远的地方,常有一双眼睛默默地注视着她——入夏以来,我常在晚饭后带着儿子去街心公园散步。第一次看到在玉兰树下跳舞的她,我感到分外的震惊。该要拥有怎样的勇气,一个人才能在大庭广众之下独自起舞?而她,舞得那样投入,舞得那样忘情,似乎整个天地,都是她的舞台。她更不会想到,她那笨拙的舞姿,带给我的是多深的感动。原来,一个女子,还可以这样活着,不在意别人的眼光,不在意别人的非议,努力去做一个追梦的人——舞动着舞动着,让自己的梦想之花,尽情绽放。

独自起舞,让心飞扬。

幸福是一种能力

那是我生命中最灰暗的一段时光。

先是相爱多年的男友离我而去，接着我又失去了赖以为生的工作，双重的打击令我不堪承受，我病倒了。一夜之间，我的唇边爆出了密集的水泡，嗓子哑得说不出话来，眼睛里也布满了血丝……躺在床上，我不想吃饭不想喝水，任凭泪水悄然滑落。漫漫长夜，辗转难眠，我感到无边的痛楚犹如蚕吃桑叶一般，吞噬着我的心……

就在我昏昏沉沉分不清白天与黑夜时，小姨来了。不由分说，她将我从床上拉了起来，直接带到她的家中。她的家简洁雅致，屋里屋外长满了花花草草。拎着一把喷壶，她示意我为万年青多多浇水。

那是一盆非常茂盛的万年青，深青色的叶片宽大而肥厚。拎着喷壶，我将一壶水全都浇在了花盆里。

随后，她递给我一杯水。接过杯子，我轻轻地抿了一口，甘甜中带着淡淡的苦涩，非常爽口。端起杯子，我将里面的水一饮而尽。

“真好喝！”我由衷地赞叹道。

“那当然，这是菊花茶，特别去火。”接过杯子，她又去泡了一杯。然后，她坐到了钢琴前：“来吧，小姨唱歌给你听。”我点点头，站到了她的身边。

行云流水般的旋律自她的指尖下流淌出来，是我极为熟悉极为喜欢的歌曲《外婆的澎湖湾》。伴着乐曲，她唱了起来，嗓音圆润而柔美：“晚风轻拂湖湖湾，白浪逐沙滩。没有椰林缀夕阳，只有一片海蓝蓝……"跟着她,我小声地哼唱着;渐渐地,我的声音越来越大。一曲终了,一曲又起,从《走在乡间的小路上》到《冬天里的一把火》再到《故乡的云》……她弹着,我唱着,我的心完全沉浸在音乐里,彻底忘记了自己的忧伤与痛楚。

终于,她累了,我们停了下来。

"心情好多了吧?"她笑盈盈地望着我,我不好意思地点点头。

拉着我,她将我带到了万年青的旁边:"好好看看它的叶子。"

我疑惑地低下头,去看万年青。这一看,我惊讶地发现,原来干爽的叶片上,竟然凝结着一滴滴小水珠。

怎么回事啊?我不解地望着她。

"你刚才的水浇得太多了,万年青受不了,就从叶子上排了出来。"她认真地对我说,顿了顿,她又说道:"一棵植物,尚且知道化解自己的痛苦,你呢?"

她的声音不大,可落在我的耳里,却如炸雷响过。是啊,一棵植物尚且知道不为痛苦所左右,为什么我却听任自己在痛苦的深渊里沉溺呢?

揽着我的肩,她将我带到沙发上坐了下来:"你啊,真是个傻丫头啊。工作丢了还可以再找,缘分去了也会再来,你呢,不吃不喝的,除了伤害自己,还有什么用?不管遇到什么事,都要学会开解自己保重自己,人活着,一定要拥有一种智慧,能够化解自己的痛苦……"拉着我的手,她娓娓而谈,她的话,犹如阳光,渐渐驱散我心底的阴霾,又如细雨,慢慢滋润我干涸的心田……

默默地注视着她,我的心里充满了敬重与感动。我终于明白,为什么她在历经坎坷之后,还能活得那么幸福。

20多年前,她的独生儿子大学毕业不久,竟然患上了骨癌,入院刚刚三个月,他就去世了。爱子的离去,恍若摘去了她的心肝,让她一夜白头。痛不欲生的日子里,她总是紧紧地拉着丈夫的手。半年之后,她尚未从丧子之痛中走出来,新的打击却又接踵而至,丈夫向她提出了离婚。他的理由很简单,他想要个自己的孩子……令人震惊的是,生活的风雨非但没有击垮她,反而使她变得更加洒脱更加豁达。离婚之后,她爱上了旅行,独自一人,她几乎走遍了大半个中国,从丽江到西藏,从九寨沟到黄山……她用相机,记录着自己的足迹。而我最喜欢翻阅的,就是她的影集。相片上的她,头上有白发,额上有皱纹,眼里有沧桑,但她的脸上却有着阳光般的笑容——唯有内心幸福的人,才能笑得那么明朗那么灿烂啊。

我不知道,最初的她是如何度过那些漫漫长夜的,我也不知道,她是如何承受那些痛苦煎熬的。我所知道的,就是她不仅接纳了痛苦化解了痛苦,还把痛苦当作了生命的养料,让自己更好地追寻幸福……

原来,幸福与其说是一种感受,不如说是一种能力——一种从黑暗中捕捉光明的能力,一种从苦涩中品味甜蜜的能力,一种从混浊中提炼纯净的能力,一种从风雨中寻觅阳光的能力……

尽我一生的努力,我要修炼出这种能力来。

想得开，放得下

翻阅报刊，读到沈殿霞的一则旧事。

当年，沈殿霞与郑少秋同居多年后正式结婚，并在婚后生下一个女儿。然而，沈殿霞的月子尚未坐满，郑少秋便已移情别恋。面对情变，沈殿霞伤心欲绝，终日以泪洗面，眼睛从此老花，连报纸都看不清楚。产后抑郁又导致严重脱发，后来她不得不戴上假发……一年后，沈殿霞选择了放手。

十多年后，沈殿霞与郑少秋在她主持的一档节目里重逢。在节目的最后，沈殿霞郑重地问了郑少秋一个问题："在这十几年里，你有没有真真正正地爱过我？"

仅此一问，便让我为沈殿霞深深叹息：何必再问呢，纵然爱过又如何？往事已矣，早该彻底放下了。尽管屏幕上沈殿霞一向以快乐开朗的形象示人，但实际她的心结一直未能打开。他的背叛，始终是她心头的难言之痛，她一时一刻也不曾忘怀。而她的耿耿于怀，何尝不是对自己的长期折磨呢。

不由得想起我的好友檬，她的经历与沈殿霞异常相似。

多年前，初为人母的檬便遭遇了丈夫的背叛，面对那个男人冷酷无情的背影，檬失声痛哭。那些日子里，只要一闭上眼睛，檬便感到撕心裂肺的痛楚，眼泪不由自主地落了下来……在度过几个不眠之夜后，檬知道自己必须拯救自己，否则，痛苦就将毁掉她。她去了音像制品商店，买回了大量喜剧小品的VCD。在家里，檬一遍又一遍地看着那些喜剧小品，当她随着滑稽的情节哈哈大笑时，心头的痛苦似乎淡了一些。也就是在那段时间里，檬疯狂地爱上了羽毛球。在附近的体育馆里，一打就是几个小时，直累得自己筋疲力尽。体力的透支，常常使檬一躺到床上就睡着了。偶尔，我们也会在檬的面前，大骂那个薄情寡义的男人，但檬总是摇手："算了，随他去啦，我还有我自己。缘起缘灭，都是有缘故的，随缘吧……"

日子一天天地过去了，檬的痛苦渐渐地轻了淡了。她一边抚养女儿，一边努力为自己充电——她读了一所大学的在职财会研究生。三年后，当她拿到硕士文凭后，她在职场上又迈了一大步……

如今的檬是一家外企的财务总监，拿着数十万的年薪；她的身边，又有了一位知心爱人……

人的一生，永远无法决定自己的际遇，但却可以决定自己的态度，去珍爱自己善待自己。一旦遭遇不幸，就应当努力开解自己，而不能一任自己在痛苦中沉溺，更不能拿别人的错误来折磨自己。事实上，一个人只要想得开，再深的痛苦也能化解；只要放得下，再重的往事也不能阻挡她奔向未来。这样的人，总能拥有辽阔高远的天空，总能拥有自由幸福的人生。

向日葵女子

黄昏的街心公园里，她正和女儿荡秋千。随着她的推送，女儿被高高荡起，晚风将孩子清亮的笑声传得很远。金色的夕阳里，她的笑脸恍若盛开的花朵……

远远地，我注视着她们，没有过去打个招呼——就让她们尽情享受这一段幸福时光吧。

她是我的邻居，认识她已近10年了。

那时候，我的儿子刚学走路，一有时间，我就带他到附近的街心公园去玩。几乎每一次，我都能在那里见到她们母女俩。见得多了，也就熟悉起来。

她的女儿还在一岁时，就被确诊为脑瘫患者。尽管她和丈夫带着女儿去了许多医院，但孩子的病情一直没有多大的起色。随着时间的推移，丈夫开始对女儿厌烦起来。不止一次地，他要将女儿送人；可她，哪里舍得呢？在一次次的争吵之后，他们的婚姻宣告结束。不用说，女儿随她生活。最初的一年里，丈夫还能按时支付女儿的生活费，但一年之后，丈夫远走他乡，女儿的生活费随之化成泡影。从那时起，抚养女儿的重担就落在她一个人的肩上……

她的经历，让我对她充满了同情。我本以为，这样一个历经苦难的女子，内心一定充满了怨恨，恨生活不公，恨丈夫无情。但令我惊讶的是，无论何时见到她，她的脸上，都是笑容，那种发自内心的微笑，总让我想起春天。终于有一天，我忍不住问她，一个人带着女儿过日子,不觉得太苦了吗?而她,淡然一笑后,轻声答道:“苦什么啊,我现在过得很好啊。你看我女儿,每天都有进步呢。以前一步也不能走,现在差不多能走上两步了;以前不会说话,现在会喊‘妈妈’了;我累的时候,她还能给我按摩呢……”她滔滔不绝地说着,话语里全是幸福。而她的幸福,令我分外动容,因为我清楚,在她女儿的点滴进步里,包含了她多少心血。除了上班,她的时间全都花在女儿的身上。她给女儿讲故事,她给女儿唱歌,她给女儿喂饭;而她做得最多的,就是给女儿按摩,从前胸到后背,从胳膊到小腿,她的双手,抚过女儿的每一寸肌肤。正是在她坚韧不拔的努力下,她的女儿日渐好转着:能站起来了,能迈步子了,能伸手拿勺子了……小区附近的街心公园,是她和女儿的“根据地”,几乎每一天,她都会带着女儿在那里散步、打球、荡秋千……她们的笑声,总是传得很远。

作为邻居,我不止一次去过她的家。无论何时敲开她的家门,我看到的都是一个分外清爽分外雅致的家园。尤其是她家的窗帘,总是随季节而变换:初春,是一帘嫩绿;盛夏,是一帘海蓝;深秋,是一帘橘红;隆冬,是一帘橙黄。她用一颗敏感的心与一双灵巧的手,为自己与女儿创造了优雅明净的生活。而我相信,在这种环境下长大的女儿,心中也会充满阳光。

这些年来,只要一想起她,我就会想起向日葵。尽管生活中充满了阴霾与风雨,可她,就像向日葵一样,眼睛里只有阳光。对局外人来说,一个单身女子带着个脑瘫的孩子,生活的艰辛与沉重不言而喻,而她对此却毫不在意。她的世界里,处处洒满阳光,甚至可以说,她自己就是一缕阳光,一缕能够照亮生活的阳光。

对她,我的心里充满了敬佩。是的,我一向佩服她,以及那些如她一般的“向日葵女子”。面对残酷的人生面对无情的命运,她们不抱怨，她们不诉苦，她们更不放弃，她们将所有的苦难一肩担起，然后，用自己的笑容照亮黯淡的生活，用自己的笑声点缀苦难的世界。多少年来，她们默默地活着，活得坦荡，活得从容，活得乐观，活得坚韧，最终活成了一株朝向太阳的“向日葵”。

向日葵一样的女子，正是大地上一道美丽的风景。

太阳月亮都爱你

孩子，整个晚上你都闷闷不乐，一句话也不想说。我知道你有心事，但我什么也没问，只是用目光关注着你。

晚上临睡前，我照例到你的床边坐了坐，就在我吻了吻你的额头准备与你道别时，你却拉住了我的手：“阿姨，我今天去晨晨家了，他过生日。”我重新又坐了下来，轻轻抚摸着你的手，听你诉说。我知道晨晨是你的同桌，也是你最好的朋友。果然，你滔滔不绝地讲了起来。在晨晨的家里，你们玩得特别开心，晨晨的爸爸妈妈对你非常好，他们准备了许多好吃的东西：巧克力、果冻、蛋糕……尤其为你，他们特地买了一大瓶你爱喝的橙汁。黄昏时分，你该回家了，晨晨家人一起送你。夕阳下，晨晨一手拉着爸爸一手拉着妈妈，边走边摇晃着爸妈的手臂……“晨晨太幸福了！”你喃喃自语着，声音越来越低。终于，你闭上了眼睛，沉入梦乡。

替你掖好被角关掉台灯后，我没有转身去睡，而是在你的床边默默地坐了好久好久……

孩子，你渐渐长大，再也不像小时候那样缠着别人问“我的爸爸妈妈呢”？因为，你已经知道，你所生活的地方，有个特殊的名字——孤儿院。

孩子，从表面上看，你和别的孩子一样的健康、一样的快乐。但我知道，你的心里，一直有着一碰就疼的隐痛，那就是你的身世。

孩子啊，你的隐痛令我如此心痛，其实，你不必如此的啊。你要知道，如何安排一个人，苍天是有着深意的，这种深意，只有胸怀开阔的人才能体会得出。你之所以生活在孤儿院里，只是因为苍天觉得，这个世界上有些人，比你的亲生父母更适合抚养你，于是，你被带到了这些人的身边。孩子，这种身世，不是你的伤疤，更不是你的耻辱，它只是你的人生际遇而已。孩子，当你领会到苍天的此番深意后，你还会为自己的身世耿耿于怀吗？

孩子，这个世界上，父母给予一个人的，只是小爱，而苍天给予一个人的，却是大爱啊。你的生命中，从来不曾缺少过这种大爱。

孩子，你八个月时得了一场重病，是急性喉咙水肿。那是一个深夜，照顾你的张姨听你呼吸异常，开灯去看时，发现你喘得非常吃力，张姨迅速抱起你，随即用小被子将你裹好，拿起包，张姨火速打车赶到儿童医院……直到你躺在急诊室里的小床上输液时，张姨才发现自己仍然穿着睡衣拖鞋。因为那一场病，你在儿童医院里住了12天。12天里，张姨从不曾上床睡过一次觉，实在困极了，她只是歪在椅子上打一个盹……12天后，当你脸色红润地出院时，张姨却明显地瘦了一圈。

孩子，张姨与你毫无血缘关系，可因为爱你，她便无微不至地照顾你。孩子，正因为有了这样的爱，你才能顺利成长。

孩子，人世间还有一种爱，不是来自于人，而是来自于天地万物。

孩子，你的小床靠着窗子，许多个清晨，当你还在熟睡中，阳光已静静地照在你的身上。白天，当你和伙伴们在院子里奔跑追逐时，阳光更是无遮无挡地倾泻下来，带给你不尽的温暖与光明。夜晚，当我拉着你的小手在院子里漫步时，你常常惊喜地对我说："阿姨，月亮跟着我们走呢。"是的，月亮一直跟随着你，许多个夜晚，当你进入梦乡后，月光便悄然洒在你的小床上，洒在你的脸上。孩子，无论是温暖的阳光还是清凉的月光，它们都是来自苍穹的爱的目光啊——离开了太阳和月亮，谁能平安地活下去呢？

孩子，活在世上，一个人要尽量去看自己所拥有的一切。苍天是如此厚爱你，这份爱，是父母之爱不能比拟的。打个比方吧，苍天之爱如同一张万元支票，父母之爱如同一枚1元硬币。而你呢，始终对自己的支票视而不见，却为自己少了一枚硬币而耿耿于怀。孩子，这样不傻吗？

孩子，当你把眼界放开，当你把心胸放宽，你便会发现，自己和别的孩子一样，都是苍天的宝贝。照耀别人的阳光一样照耀着你，庇护别人的树荫一样庇护着你，支撑别人的大地一样支撑着你，养育别人的五谷杂粮一样养育着你……孩子，一个人离开父母是能够活下去的，可离开了苍天，有谁能活下去呢？孩子，自你来到这个世界上，苍天早已将一份大爱无私地赠送给了你，你感觉到了吗？这份爱，来自皇天后土，来自日月星辰，来自微风细雨，来自五谷杂粮，来自陌生而友善的人们……孩子，这份爱，你要细加体味善加珍惜，这份爱，是你一生的珍宝。

人生最不能等的一件事

打开报箱取出晚报后，她像往常一样随手翻了起来。就在她翻到最后一版时，她的目光落在了一行黑体字上：10岁男孩绝望自杀。屏住呼吸，她专注地看了起来。报道称，男孩随打工的父母从乡下来到城里，在一所学校里读四年级。开春后，学校组织春游，每个学生要交20块钱。男孩回家要钱，家里没有；母亲出去借，借了几家依然一无所获。绝望之下，男孩上吊自杀，待到他的母亲发现时，一切都已晚了……

她默默地看着，不时地叹口气，就在她准备合上报纸时，她的目光突然定格在三个小字上——芳华苑。刹那间，那三个小字化作三支锐利的小箭，向她的胸口射来，疼得她的心缩成一团。芳华苑！芳华苑！她一遍遍地念着，泪水不由得涌了出来。男孩随父母来到城里后，就租住在芳华苑里；而芳华苑，恰恰就是她所生活的小区啊。也就是说，他和她，曾经在同一个大门里进进出出；他和她，曾在在同一条小路上来来去去；他和她，曾经在同一片蓝天下自由呼吸……可如今，他已去了，而她，依然活着。她是母亲，她也有儿子，儿子的年龄，与那个男孩相差不多。每一天，她都会陪着儿子，在小区里玩上半天。也许，当她牵着儿子的小手在小区漫步时，他与她，曾经擦肩而过吧；也许，当她的儿子与一群小伙伴热火朝天地踢球时，他也曾置身其中吧；也许，当儿子骑着新买的自行车呼啸而过时，他也曾满脸羡慕地追赶吧……那个男孩，那个年仅10岁的男孩，他本该与别的孩子一样，在阳光下自由奔跑纵情欢笑啊。可他，竟然去了，因为，交不起20块钱。

而她知道，那20块钱，不过是压死骆驼的最后一根稻草。她不知道，那个男孩，生前受过多少冷遇；她不知道，那个男孩，生前挨过多少白眼；她不知道，那个男孩，心里有过多少希望又全都破灭……最终，当整个世界都不能给他20块钱时，他的心，凝结成冰……而她，其实是有力量留住他的啊。如果，擦肩而过时她能对他笑一笑；如果，牵着儿子散步时，她也能牵起他的手；如果，给儿子买玩具时也替他买一个……如果，她能将自己掌心的温暖传递给他，他的心里，一定会对世界多些留恋与憧憬；而他那颗脆弱又稚嫩的心，一定能够多些坚强与柔韧。那么他，终将会像一棵小树一样，在阳光下蓬勃生长，抽枝，吐叶，开花，结果。如果，如果她能早一点伸出手去，那个孩子，就能够拉着她的手，活下来……

她的泪，一滴一滴地落下来，打湿了面前的报纸。她多么希望，时光能够倒流，让她走到孩子的面前，弯腰将他抱在怀里，然后牵起他的手，带他去春光明媚的郊外……可如今，纵然有一亿个20块钱，也换不回孩子的生命啊。

擦干眼泪，她深深地吸一口气，然后拿出手机，拨通了一家慈善机构的电话。电话里，她要求资助一名贫困儿童，立刻就资助。她知道，自己再也不能等下去了。

那个男孩、那个年仅10岁的男孩，用他的死亡让她清醒：人生最不能等的一件事，就是行善。

自然的启示

榆树和松树

院子里长着两棵树，一棵是榆树，另一棵是松树，两棵树同样的粗壮。一场暴风雪之后，榆树倒了下来，大雪覆盖着它的枝干。而松树呢？依然在院中挺立着，有风吹过时，松针轻轻地摇动着。

原来，大雪之中，当松树上的雪积到一定程度时，松枝便向下轻轻一弯，将积雪抖落干净；如此反复，纵然雪下得再大，松树依然骄傲地挺立着。而榆树叶，积雪落下时，它一直都在承受着，最终便倒了下来。

原来，一味地承受并不能成为生活的强者，有时候，适当的退让才是生活的智慧。

两枚树叶

让我们到树林里去，挑选两枚树叶，一枚完美如同初生，另一枚则是千疮百孔。然后，我们再来做个小小的试验，折一下树叶的叶梗：完美的那枚叶梗轻轻一折便断了，而残缺不堪的那一枚呢？你会惊讶地发现，它的叶梗却是如此柔韧，你可以一折、再折，你却很难将它折断。

对那枚残缺的树叶来说，风霜侵蚀过它、暴雨打击过它、小虫啃噬过它，对一枚树叶来说，每一种经历都是一场灾难；然而，它却活了下来，纵然千疮百孔，却依旧生机勃勃。不是吗？一次又一次的灾难，反而成就了一个坚强又柔韧的生命。那枚完美的树叶，它的生活中只有阳光的爱抚，只有细雨的滋润，可当真正的磨难降临时，完美却又脆弱的生命怎堪一击？

一帆风顺并不意味着人生的幸运，恰恰相反，有时候这种顺利正是人生的灾难。

东岸的羚羊

非洲大草原奥兰治河两岸的羚羊群非常令人奇怪：东岸的羚羊群的繁殖能力比西岸的强，奔跑速度每分钟比西岸的快13米，这些差别令生物学家百思不得其解，因为这些羚羊的生存环境和属类都是相同的，饲料来源也一样，都以一种叫莺萝的牧草为主。后来，生物学家在东西两岸各捉了10只羚羊，并且交换它们的生存地域。结果，运到西岸的10只一年后繁殖到14只，运到东岸的却只剩下3只，其余的全都被狼吃掉了。东岸的羚羊之所以强健，因为它们附近生活着一个狼群，而西岸的羚羊之所以弱小，正是因为缺少了这一天敌。

在狼群的追逐下，东岸的羚羊活得警醒而强健，它们一边注视着狼群的动向，一边在草原上轻快地奔跑着，它们的身影优美而矫健。而我们不难想象，当更大的灾难降临时，能够生存下来的，一定是东岸的羚羊。“生于忧患，死于安乐”，无意之中，东西两岸的羚羊为这句话作了绝妙的注解。

发光的鱼

鮟鱇鱼生活在世界最深的马里亚纳海深处，那里又冷又暗，连低等的植物都无法生长。然而，当鮟鱇鱼游过时，你会惊奇地发现，海水里竟然亮光闪闪。不错，鮟鱇鱼本身就会发光，在它的背上，就生长着发光器，它自己发出的光，照亮它永远暗无天日的生命。

第一次在电视里看到这种鱼时，我的心深深地震动了，世界上竟然还有如此可爱又可敬的小生灵？在只有黑暗的世界里，自己就是光明；在痛苦的生活中，自己就是快乐。鱼儿无声地游动着，游出了一个精彩的世界。望着那条小鱼，我知道从此以后，自己再也没资格谈什么“绝望”。

面对广阔而神奇的自然，我的心灵总是异常充实。并不是只有教科书中才有真理，也不是哲人的专著中才有智慧，自然无声，却时时刻刻都在给我们深邃的启示。

向花儿学习

我喜欢花，喜欢各种各样的花；无论是开放在山野里的无名小花，还是生长在苗圃里的名贵花儿，全都喜欢。

行走在这个世界上，我的眼光常常下意识地穿越钢筋水泥的丛林、穿越川流不息的人群，最后落在一朵花的身上。

几十年来，我看到过多少花儿啊。在小院裂开的墙缝里，我看到一丛蒲公英擎着一朵朵的小黄花；在马路旁的大树下，我看到一棵荠菜挑着一蓬细碎的小白花；在尘土飞扬的绿化带上，我看到牵牛花吹着蓝莹莹的喇叭；在杂草丛生的残垣断壁旁，我看到蔷薇绽开粉红的笑脸……所有的花儿，无论颜色是艳是素，无论花瓣是大是小，无论香味是浓是淡……全都开得生机盎然、喜气洋洋。

日复一日，年复一年，我的目光总会从花朵上抚过。不知哪一天，我突然发觉，世上的任何一朵花，都足以成为我的老师。

是啊，我看到的任何一朵花，无论脚下的泥土多么贫瘠，无论身旁的目光多么漠然，无论外面的风雨多么猛烈，它们，全都默默地积蓄自己的力量，尽力绽放出生命的欢颜。没有一朵花，因为寂寞而忧伤；没有一朵花，因为孤单而悲哀；没有一朵花，因为无人欣赏而拒绝开花；没有一朵花，因为经历风雨就自我凋零；没有一朵花，因为艳丽而张狂;没有一朵花,因为渺小而自卑……所有的花儿,全都坦然地活着平静地活着勇敢地活着快乐地活着,活出自己的风情与美丽。而一个人,能够活出这样的境界吗?

我有一个同学,因为身材矮小而且脸上还有一块胎记,从小到大,她一直拒绝班里的各种活动,就连元旦的联欢晚会,她也会找借口请假。其实,她有着清亮甜美的歌喉,随便哼出的一首歌,便宛如天籁般动听。但年少的她,一直将自己牢牢包裹在自卑的茧子里,无法展示生命的美丽。可在这个世界上,哪一朵花,会因自惭形秽而拒绝开放呢?

而世间还有更多的女子,就因为得不到男人的欣赏与呵护,便郁郁寡欢、哀声叹气,从此与幸福失之交臂。恰如梅艳芳在《女人花》中所唱的那样:女人花/随风轻轻摇动/只盼望/有一双温柔手/能抚慰/我内心的寂寞……她们,总渴望有一双欣赏的眼睛和一个温暖的怀抱,一旦得不到,便长吁短叹自怨自怜,一任自己如花的生命,在岁月的风雨里黯然凋零。而世间的任何一朵花,即使生长在永无人迹的深山密林,它们依然会在阳光下盛开,随风摇曳出万种风情。是啊,花,只为自己开,自歌自舞自开怀,就是花儿的境界。而人呢,却总在心底吟唱"孤芳自赏最心痛",无尽的痛苦,就由此而生……如果一个人能够静下心来向一朵花学习,那她就能找到人生的幸福。

而我,多么希望自己活得像一朵花——无论经历多少风雨,都要尽力绽放生命的美丽。

第七辑

JINGPINZHENCANG

水有灵，万物有灵

人们常说『女人花』，是啊，女人确实如花，有花的容貌也有花的风姿；可世间的女子，有几人能如花儿一般活着？那些花儿，纵然无人欣赏，也能开得灿烂开得明媚；但『女人花』呢，一旦无人欣赏，便自怨自艾自叹自怜，甚至因此忧伤成疾。而这一切，多么令人痛心！世间的女子，真应当向花儿学习，即使无人欣赏，也要勃然怒放。

睡莲悠然开

邂逅睡莲，是在乡间的一口水塘前。

当时是清晨，从乡村旅馆出来后，她四下里随意地走着。穿过一片树林后，她眼前突然一亮，一口水塘静静地躺在大地上。水塘里，浮着许多圆形的绿叶，叶间，是朵朵花苞。仔细一看，正是睡莲。

清晨的阳光下，睡莲正缓缓地舒展着自己的花瓣，一片又一片。那速度，比电影中的慢镜头还要舒缓；那姿态，比舞蹈演员还要优美。她坐在塘边的石头上，目不转睛地注视着正在盛开的睡莲，像欣赏一场盛大的演出……也不知道过了多久，一层又一层的花瓣全都悠然展开，每一朵睡莲都露出了清丽的面容——紫红的、嫩黄的、粉白的……每一朵，都像优雅清新的仙子，静静地浮在水面上。

那一天，她一直在水塘边徘徊，目光总也舍不得从睡莲上移开。面对满塘悠然开放的睡莲，她觉得自己的一颗心也变得分外平静。黄昏时分，睡莲舒展着的花瓣开始微微上翘，最外层的花瓣开始慢慢合拢。最终，所有的花瓣完全地聚拢在一起，碗口大的睡莲变成了小如婴儿拳的花苞。暮色四合中，她告别睡莲，回到旅馆。

那一夜，躺在乡间旅馆的木床上，她睡得格外香甜。梦中，是大朵大朵悠然开放的睡莲……

接下来的几天里，她全都泡在水塘边。她的目光，时常缠绕着塘中的睡莲——看它们悠然地舒展，看它们悠然地盛开，看它们悠然地合拢。而当她将目光从睡莲上移开时，她便会下意识地想起自己。

作为一名杂志社的编辑，她一直忙得像高速旋转的陀螺——忙着找选题，忙着写策划，忙着看稿件，忙着写专栏……无论走到哪里，她的包里都离不开纸和笔，一有触动，就赶紧记下来。而她每天坐在电脑前的时间，平均不少于14个小时。她的努力，自然给她带来丰厚的回报，她的薪水越来越高，她的稿费也越来越多。但与此相伴的，却是她越来越衰弱的神经与越来越严重的失眠。在城里的每一个夜晚，当她疲惫不堪地躺到床上，纷乱不息的念头总如野马一般在她的头脑里飞奔，令她难有片刻的安宁。往往待她在床上辗转多时后，才能迷迷糊糊地睡上一会儿。早上起床，她的眼圈是黑的，脸色是黄的，而枕边落着大把的头发……尽管她越来越疲惫，可她也只能依着惯性高速地转下去。直到这一次，被好友强拉着来到乡下度假。

在乡下的水塘边，当她面对满塘盛开的睡莲时，她第一次感到，悠然地活着是多么美好的事情。是啊，睡莲是悠然的，无论潮起潮落无论月圆月缺，睡莲的绽放总是不紧不慢、不慌不忙，而正是这份悠然，成全了睡莲的美丽。其实，人，不也是另一种意义上的花朵吗？人活着，不也要绽放自己的美丽吗？可她呢，当她埋头向前冲时，她又错失了多少美好的时刻啊。

返回都市后，她先是抛掉了手中的股票，接着停下了自己的专栏，只将精力留给工作。如此一来，她的压力明显减轻，再也不必每天坐在电脑前不停地敲啊敲。有了闲暇，她开始在晚饭后陪爱人散步，在周日带女儿去动物园，或者在下班后和好友一起去打羽毛球……当她放慢生活的脚步后，她惊讶地发现，人生处处都有美丽的风景。而对她来说，这一切，都要归功于悠然开放的睡莲。

——睡莲悠然开，人生悠然来。

水沟边的牵牛花

每次外出，必要经过一条臭水沟。那条沟终日流淌着暗绿色的污水，散发出一种刺鼻的臭味。这样的沟里，不要说小鱼小虾，就是水草，也不长一根。每一个行人，从这条水沟的桥上经过时，都要捂紧鼻子，匆匆而去；而我，也不例外。

水沟很长很深，两边是高高的石壁，长长的石壁光秃秃的，只是在靠近桥头的这一端，挂满了绿色的藤状植物，好像是爬山虎，但不是。那些绿藤，整日里蒙着厚厚的一层灰，看起来没精打采的。

每一天从桥上走过时，我的目光从不曾在水沟里停留，天天如此。

然而，有一个清晨，当我像往常一样，从桥上匆匆而过时，我的目光蓦然停了下来。

在那里，就在那石壁上铺展着的绿藤上，竟然开满了紫色的花朵，在晨光中轻轻摇曳，一朵又一朵的花儿，宛若一只只小喇叭，在晨风中奏着快乐的乐曲。那些紫色的花朵，原来就是自我童年起就十分熟悉的牵牛花啊。

在污浊的流水旁，在刺鼻的气味中，娇艳的牵牛花恣意地开放着，热烈且从容；蓬勃的生机，在绿叶间纵情流淌；清淡的花香，在空气中慢慢飘荡。紫色的花朵，绿色的长藤，不经意间，就营造出一片春天的原野。那一刻，我的目光流连忘返。

其实，对牵牛花而言，肮脏的污水又能如何？刺鼻的臭味又能怎样？只要是花，就要恣意展示生命的风采；只要是花，就要尽情挥洒生命的欢颜。在晨光中，我听到牵牛花们骄傲的歌声。

它们，是我见过的最美的牵牛花。

面对湖水

穿过一片树林，再越过一片草地，眼前便豁然开朗了——一片湖水，静静地在阳光下闪着波光。

湖面很宽，一眼望不到头。湖岸边，散落着参差的石块；石块旁，生长着挺拔的大树；大树下，延伸着曲折的小路。

沿着小路，我慢慢地走着。虽说是烈日如火的盛夏，可湖边的空气却清凉而湿润，深吸几口，五脏六腑就变得清清爽爽。湖面有睡莲，一朵一朵优雅地开放着，紫红的、嫩黄的、粉白的……每一朵都显得娇艳动人。睡莲下，鱼儿活泼地游来游去……走着走着，一颗躁动不安的心，渐渐地平静下来。

心静了，就可以看书了。在湖边的石头上坐下来，再翻开随身带来的那本书——有时是散文，有时是小说，有时是诗歌……坐在湖边，一颗心很快就随着文字辗转起伏。读上几页，我便会合上书，抬起头，将目光投向远方。有风，徐徐地从湖面吹来，湖面上，阳光如碎银一般闪亮，那么宁静而安详，于是，波动的心绪重又平复下来，低下头，我接着翻动手中的书页……

自从偶然间发现这片湖水后，这里就成了我心灵的后花园，一有时间，我就会到湖边来走一走，坐一坐。

一个夏日，我正坐在湖边看书，忽然，阳光消失了，浓重的乌云在天空翻滚，惊雷不断在头顶炸响，紧接着，暴雨如鞭子一般抽打下来。我赶紧收好东西，跑到附近的亭子里躲了起来。只见狂风暴雨中,树枝不断地折断下来,而面前的湖水,再也不见了往昔的平静。电闪雷鸣中,波涛不断汹涌,一浪高过一浪,狠狠地拍打在湖岸上,整个湖面,一片动荡……

夏天的暴雨,来得急,去得快。两个多小时后,雨过天晴,阳光重又照亮了大地。我走出亭子,重新回到湖边。湖边一片狼藉,到处都是被风雨打下来的残枝败叶。但令我惊讶的是,暴雨一过,湖水很快就恢复了原本的宁静与清澈。微风拂过,湖水轻轻荡漾着,一波又一波,温柔地抚过湖岸。

那一刻,面对平静的湖水,我感到难言的震撼。对湖水来说,突如其来的暴风雨,实在是生命中的劫难。我本以为,这样的劫难,将会给湖水带来长期的混浊与动荡,可令我意外的是,暴雨一过,湖水就将劫难消融了化解了。若是换作一个人,面对生命的重创,该会怎样地耿耿于怀啊。

就像我,几年前曾经遭遇背叛,尽管那个人早已离开,可在我的内心深处,我一直对此事纠缠不休。在午夜,在黄昏,在清晨,在任何一个时刻,我都会不由自主地想起曾经的他,随即为之愤怒,为之忧伤,为之落泪……我知道我的心,始终化解不了那一场劫难。我一直恨着那个人,认为是他毁掉了我的幸福。可当我面对暴风雨后平静的湖面,我才知道,是我错了。湖水的平静并非来自于苍天的恩赐,而是来自于自身的成全。也可以说,正是有了湖水的深邃与宽广,才有了湖水的平静与安详啊。

那一刻,站在湖边,我忽然想起一个小故事。

一位禅师在讲法。他的手边有一只杯子,里面装满了水。他举着杯子问听众,怎样才能往杯子里再加水?听众面面相觑,不知如何回答。禅师端起杯子,将水倒进另一只大杯子里,然后朗声说:“换只大杯子就行了。”这个故事我早就看过，可一直不曾明白其中的意思。而当我站在宁静的湖边，我却豁然开朗——原来，我的苦难并非来自于他的背叛，而是来自于我的胸怀啊，如果我能够拓展我的胸怀，我的苦难也就随之而解了。湖水无言，却带给我无边的启示。

那一天，我在湖边久久徘徊，湖水的平静安详，让我的一颗心，也渐渐地变得平静安详……

养一盆幸福树

这是一只小巧的盆栽，直径约10厘米的花盆里，长着一棵树，树不大，也就一尺来高，但青翠的枝叶显得分外茂盛，看一眼，就能感到勃然的生机在枝叶间流淌……

几个月前，我在街头闲逛，无意间发现了这只盆栽，当时，它正静静地立在一盆盆姹紫嫣红的花儿之间。夕阳的余晖照过来，一树青翠的叶子显得温润而透明。有风吹过，叶子如手掌一般轻轻摇动，摇出一种动人的风韵来……见我一直注视着它，卖花的女孩悄然走过来，轻声介绍："姐姐，这是幸福树，非常好养的，放在家里，注意通风，三四天浇一次水就行了。"

"幸福树？"好一个别致的名字啊，一瞬间，我感到心底有根弦被轻轻拨动了。如果，幸福真的可以是一棵树，那么，就让我带着"幸福"回家吧。

在家里，幸福树就放在我的电脑桌上。卖花的女孩说得没错，幸福树真的很好养，不需费心，按时浇水就行了。日日与我相对，幸福树不断地有新叶萌出，然后一寸寸地长高。几个月下来，幸福树就由最初的半尺高长到了一尺来高。家居的日子里，无论我读书还是写作，幸福树总是默默地陪伴着我，如一位忠实的朋友。

前一段时间，我和家人外出旅行，可直到全家在旅馆入住下来，我才发觉大事不好——我忘了将幸福树托付给朋友照料了。在门窗紧闭的家里，幸福树如何生存呢？没人给它浇水，它还能活多久？可旅程早已安排妥当，我也不可能转身回家。怀着深深的不安，我在异乡度过了10天。

旅程一结束，我就迫不及待地往家赶，掏出钥匙打开家门后，我直奔电脑桌。不出所料，幸福树原本茂盛的叶子已落了大半，残留的几片也由青翠变成了枯黄，手指轻轻一碰，叶子悉数落下。望着光秃秃的树干，我几乎落下泪来，是我的过错，才使幸福树遭此劫难啊。

我不甘心幸福树就此而去。我将它浇足了水，放到了一个背光通风的窗台上。每天清晨一起床，我便直奔窗台，去看幸福树，可令我伤心的是，幸福树的树干始终是光秃秃的。

一天、两天、十天、半月……尽管幸福树的树干上毫无动静，可我依然坚持给它浇水。20多天后，奇迹真的发生了，在树干的底部，一粒小小的新芽萌生出来了。那一刻，我听到了心底的欢呼声：太好啦，幸福树又活啦。新芽渐渐长大，从小米粒长成了婴儿拳，然后，拳头舒展开来，变成了一片片嫩绿的手掌般的叶子……终于有一天，又一盆青翠茂盛的幸福树出现在我的面前。我将它从窗台上搬回了电脑旁，日日与我相对。

忙碌的日子里，我时常将目光从电脑前移开，默默地注视着幸福树。它真是一棵美丽的树，树干挺直，枝叶茂密，尤其是树叶的颜色，从深绿到浅绿渐次变化着……长久地注视着这棵树，我便感到有一泓清泉，在我的心底缓缓地流啊流，将我的一颗心，滋润得安宁而平和。

面对幸福树，我常常会想，如果幸福也有模样的话，大概就像我眼前的这棵树吧：美丽、坚韧、顽强，充满了盎然的生机。即使身遭劫难，也不会心如死灰，只要还能有一点清水，它就能重新活转过来……

平凡的岁月里，我用心养着一盆幸福树，努力去做一个幸福的人。

像蔷薇一样生长

蔷薇开了，开在院墙上。一朵一朵水红的蔷薇，衬着深绿的叶子，显得分外明媚而俏丽。有风吹过，蔷薇轻轻摇曳，散发着幽幽的清香……

大约是在六年前，我从院里的垃圾堆旁经过时，发现那里扔着不少蔷薇花枝，我便随手捡了几枝，准备将它们栽到院墙脚下。可待我带着铲子到了墙脚下时，心里却犯了愁。原来，墙脚下掩埋着大量的瓷砖、石子等建筑垃圾，泥土极少。沿着墙脚，我用铲子勉强挖了几个坑，将蔷薇栽了进去，并且为它们浇了点水。

从那以后，尽管我日日从院墙旁经过，却极少留意自己亲手栽下的蔷薇。我不知道，蔷薇是何时长出第一片新叶的；我不知道，蔷薇是何时抽出第一条新枝的；我也不知道，蔷薇是何时爬满了整面院墙的……

再次注意蔷薇是在两年前。那是初夏的一天，我不经意间从深绿中发现了一抹鲜红，仔细一看，竟然是蔷薇花开了——那些蔷薇，从来没人给它们浇过水，从来没人给它们施过肥，从来没人给它们剪过枝……更严重的是，由于院墙前有一栋高楼阻挡，一年四季，除了夏日的正午，蔷薇几乎晒不到什么太阳。可就在那样一个阴暗的角落里，蔷薇却不断生长着，向上，向上，向着能够晒到阳光的墙头，努力攀缘……在历经四年的艰辛跋涉之后，蔷薇终于迎来了生命中的第一次花开。

那一年，蔷薇花开得很少，只有零星的三五朵。但我心里清楚，要不了多久，蔷薇就将开得如火如荼了。

果然，到了去年的5月，蔷薇在一夜之间，开出了上百朵花，吸引了无数的目光。

而在今年，蔷薇更是开得轰轰烈烈，成百上千数也数不清的花朵，从绿叶中探出身来，将整面院墙装扮成了一个花海。远远望去，那些蔷薇宛若流动的云锦，又像燃烧的彩霞，令人叹为观止。

蔷薇花开的日子，我时常在花前流连，而面对蔷薇，我总会想起自己。

十多年前，因为高考成绩不佳，我不得不去了一所专科学校，读着自己并不喜欢的专业。三年的学生生涯，我的心里充满了抱怨，抱怨当年的中学校风不好，抱怨当年的老师不负责任，要不然，我的高考成绩怎能那么糟糕呢？毕业之后，我更是习惯了抱怨，一遇到不顺心的事情，我就会在心里抱怨一番：怨社会不公，怨人情冷漠，怨时运不济……

可有一天，当我注视着勃然怒放的蔷薇花时，我分明感到了内心的震撼。寂静中，我似乎听到了蔷薇的追问：你自己，真的没有责任吗？你自己，真的尽力了吗？当年，我的那些同学，他们和我坐在同一间教室里，他们和我听着同样的授课内容，可他们，却有不少人考上了重点大学。可我呢，就在高三，就在别人为了高考而努力冲刺时，我依然痴迷着武侠小说，就连上课，我也将小说藏在课本下，不时地偷偷瞄上几眼……说到抱怨，最应当怨的人，其实就是我自己啊。长年的抱怨，使我一事无成；而就在我不停抱怨时，蔷薇却在奋力成长，它们用勃然怒放的花朵，将那个阴暗荒凉的角落装扮得生机盎然。

未来的日子里，我希望自己能够像蔷薇一样活着，无论处于何种环境中，都要奋力向上，直到在阳光下绽放出生命的欢颜，随风散发出自己的芬芳……

千年的美丽

纳米布沙漠是世界上最古老、最干燥的沙漠之一，它起于安哥拉和纳米比亚的边界，止于奥兰治河，沿非洲西南大西洋海岸延伸2100公里。纳米布沙漠被凯塞布干河分成两个部分，南面是一片浩瀚的沙海，北面是多岩的砾石平原。

纳米布沙漠的气候极为严酷，那里的年均降雨量不到25毫米，即使少得可怜的降雨量也不均匀，往往数年滴雨不下，而后是一场来去匆匆的大暴雨，只有大西洋的阵阵风暴，每月会给这片沙漠带来五六天的浓雾。

纳米布沙漠的环境如此恶劣，想象中那是一片荒凉的不毛之地，烈日暴晒风沙狂吹。然而，就在北面的砾石平原上，却生长着一种神奇的植物——千岁兰。

千岁兰是纳米布沙漠上独有的植物，它的根一部分深深扎入砂石中，一部分裸露在地表上。它有一对皮革般的带状叶子，长的可达到3米多。这种半似松树球果半似绿色花卉的植物，顶端还生长着坚硬的如同枸杞子一般的红果……

在那酷热的沙漠戈壁中，干旱时常威胁着千岁兰的生命。因为缺水，千岁兰那宽厚的叶片便会渐渐枯萎，而整棵千岁兰更是憔悴不堪，看起来就像一堆破布条。炎炎烈日下，风沙还要不停地抽打千岁兰日渐枯萎的身躯。荒凉的沙漠中，挺立的千岁兰还是动物们的美食：斑马、羚羊不时来吃它肥厚的叶片，其它的食草动物更时时以它坚硬的红果充饥……

如此恶劣的条件下，千岁兰的生命纵然不会短暂如一现的昙花，大概也经不起岁月的几番轮回吧。可事实却让人目瞪口呆——千岁兰的寿命竟然长达2000年！而且它活得蓬勃，活得茁壮，一般的千岁兰高可达3米多！

这是怎样神奇的植物，干旱的日子里，肆虐的狂风中，千岁兰一任动物们吞噬自己的枝叶；而它自己所能做的，只是默默地忍耐着、坚韧地等待着，等待着雨水的降临——哪怕等待千年，我想千岁兰也会坚守下去。无雨的季节里，千岁兰伸展开长长的叶子，尽情吸纳雾气与露水，然后贮存起来，用来度过生命中的难关……难怪著名的植物学家韦尔威特希考察纳米布沙漠时，面对千岁兰感慨万分："我坚信它是南部非洲热带生长的最美丽、最壮观、最崇高的植物，是非洲最不可理解的植物之一。"

面对沙漠上挺立的千岁兰，我们怎能不肃然起敬？我们人类常常自诩为万物之灵长，可我们何曾拥有过千岁兰一般柔韧而顽强的生命？工作上的挫折、生活中的窘迫、情感上的失意，甚至别人不经意间的一句嘲笑一个眼神都能成为我们放弃自我的理由，而后日渐消沉下去，最终一边平庸地打发时光，一边哀叹自己时运不济，诅咒命运不公。可我们却忘了，当我们无聊地挥霍自己的生命时，在那个数年滴雨不见的沙漠里，千岁兰骄傲地挺立着，用自己茁壮的枝叶，用自己蓬勃的气势，淋漓尽致地诠释着生命的美丽。

生命是如此的可贵，烈日下风沙里千岁兰顽强地挥洒着自己生命的光采，最终成就了一段千古传奇。一株植物尚且活得如此努力而顽强，我们还有什么理由去挥霍自己的生命？面对千岁兰，除了竭尽全力地让生命活得热烈，活得精彩，我们还能做些什么？！

一朵一朵桃花开

刚走近墙角，就觉得眼前一亮，花，开了。

是桃花呀，粉白的花瓣染一抹轻红，俏立在枝头浅笑盈盈，数一数，一共是九朵，再细看，还有小小的花苞刚从叶子间探出头来。风拂过，桃树轻轻摇曳着，似乎在唱一阙无声的歌……

几年前，刚搬进这座院子时，便注意到了那个墙角。院子里的绿化很不错，花木扶疏，芳草萋萋，看起来赏心悦目。只是墙角凌乱地堆着一些石子，夹杂着破碎的瓷砖，像是谁家装修后留下的建筑垃圾。奇怪的是，那堆垃圾日复一日地堆在墙角，始终无人问津，在绿草如茵的院子里，如同一块刺眼的伤疤。

日日从院子里出来进去，对那块“伤疤”，从惊讶到熟悉又到熟视无睹……

前年的一天，无意间发现石堆里竟然长出一株小树苗。它的干，细细的；它的枝，稀疏的；它的叶，狭长的。看起来，像是一株桃树，可一般的桃树叶子都是绿色的啊，而它的叶子却是暗红色的。到底是株什么树呢？大概只有开花时才能知道吧。

因了心底的这份疑问，对那株树苗便多了几分关注。

实际上，它真是一株可怜的小树，当它千辛万苦地从石堆里探出头后，迎接它的，并不是明媚的阳光。距离墙角不远处，便是一栋高达七层的大楼。那株树苗，只能成天生活在大楼的阴影里，唯有清晨和黄昏，才能享受到一点温暖的阳光。

看得出来，即使缺乏阳光，那株小树依然在奋力生长，向上，向着阳光的方向。日子一天天过去了，小树一寸寸地长高了。待到去年春天，小树已近一人高了，尤其令人欣喜的是，还有小小的花苞从叶子间隐约地探出头来。

遗憾的是，去年一春，不是风狂就是雨骤，那些花苞未来得及开放便被雨打风吹去了，但小树顽强地活了下来。而那些长在院里草地上的树木，不少被吹得倒在地上，有的甚至被拦腰折断了。

经历一番风雨后，小树反而显得健壮了，它的叶子如同涂了油彩一般，亮亮的。时光流转，小树不停地向上长，不断地抽出新的枝条……

今年开春不久，就有花苞陆续从细密的叶子间探出头来。随着春风的吹拂春雨的滋润，那些花苞日渐丰满，终于有一天，它们在丽日晴空下绽开了自己的欢颜……经历三年的艰辛跋涉后，桃树终于迎来自己生命中的第一次花开；一朵又一朵的桃花，在风中轻轻摇曳着，欢呼着，歌唱着……

一树花朵，正是桃树对冷酷命运的最好回报。

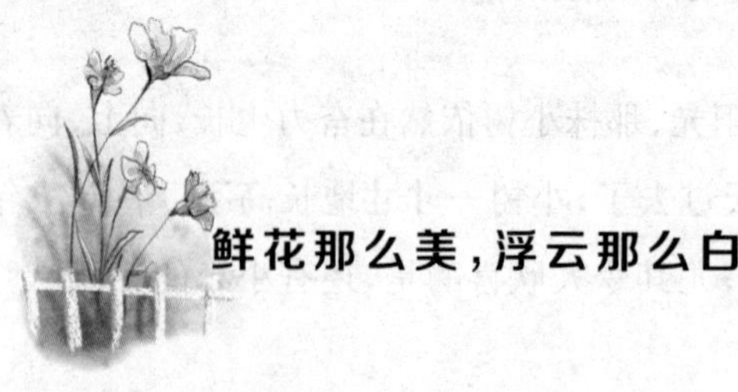

鲜花那么美，浮云那么白

阴沉的午后，路过街头的一家花店时，我不由得停下了脚步。推门而入，我的眼睛一下子就被鲜花照亮了。鲜红的玫瑰、明黄的菊花、蓝紫的勿忘我……一排排鲜花静静地立在花架上，散发着阵阵幽香与蓬勃活力。我在花店里轻轻地踱着步，欣赏着，赞叹着，挑选着……待我步出花店时，手里多了一只小巧的花篮；篮子里，插了十来枝勃然怒放的郁金香，其间点缀着深深浅浅的绿叶还有白色的满天星。提着这样一只清新、活泼充满了生机的花篮，我的心情也变得分外明快。

出了店门，习惯性地抬头望了一眼天空，只一眼，就让我再也舍不得将视线移开。原来阴沉的天空不知何时放晴了，阳光正灿烂地照射下来。整个天空，飘满了浮云，一片片、一层层、一团团……那些云，不是寻常的白，而是白得纯净、白得透明、白得发亮。如果不是亲眼所见，我根本不相信浮云也能发亮，可实际上，它们正像琉璃那样发着亮光。无尽的浮云几乎将整个天空全都遮满了，只在云与云的间隙，小心地留着一线天空，那线天空，粉粉地蓝着，蓝得像水彩画似的。我呆呆地望着，望着我头顶上美得如同童话的天空。

花店旁就是个街心公园，我走过去，在园里的石凳上坐了下来。我的目光，依然在天空流连；我的心灵，沉醉在美妙的景色中。长久以来，就在我埋头匆匆赶路时，曾经错过了多少美景啊。

几个月来，我一直都生活在郁闷中，先是一场重要的专业考试未能过关，接着又在职称评定中受阻，随后自己负责设计的一款新产品又未能通过总工的审核……我的心中，因此充满了怨气。在单位，我整天阴着一张脸；在家里，动不动就对父母乱发脾气，甚至对小小的儿子也大加呵斥……这样的生活，既让我觉得厌倦，也让别人感到压抑。

然而，就在我焦头烂额时，身旁的鲜花兀自灿烂地开着，头顶的浮云兀自纯净地白着，这个世界依然有着自身的美好，只是这种美好，被我愚蠢地忽略了，一同忽略的，还有同事的关照、父母的笑脸与孩子的欢呼……其实，只要我愿意，我的生活完全可以变得更美好的啊。就如午后，我静静地坐在街心公园的石凳上，眼前的鲜花那么美，头顶的浮云那么白，一切都让我感到，活着是件特别幸福的事情。那个午后，我长久地坐着，享受着内心难言的安宁与平和……

暮色四起时，我站起身，拎着花篮，轻盈地走在回家的路上——我要把鲜花与笑脸一起带回家。

水有灵，万物有灵

日本的江本胜博士对水有着深刻的研究，他曾经用水做过大量的实验，结果令人耳目一新。

江本胜曾经让水阅读文字，就是把水装在瓶子里，然后在纸上写一些字，把字面朝里贴在瓶壁上。实验结果揭晓时，江本胜大为惊讶。看到“谢谢”两个字的水结晶，非常清晰地呈现出美丽的六角形；而看到“浑蛋”两个字的水结晶，破碎而零乱。另外，看到“让我们做吧”这句话的水结晶很整齐，而采用命令的口气要求它“一定要做”，它甚至无法结晶。

在江本胜的实验中，水不只能够读懂文字，还能够听懂音乐。听了贝多芬的《田园交响曲》的水所呈现的结晶，像这首欢快、清爽的曲子一样美丽而工整。听到对美充满深深渴望的莫扎特的《第四十号交响曲》的水，其结晶也竭尽全力地展现出一种华丽的美。最不可思议的是听了肖邦的《离别曲》的水结晶，美得小巧玲珑，并分散成几块，简直令人惊叹……

江本胜博士的实验，令人信服地证明了，水有灵，水有情。

而在这个广阔的世界里，有灵有情的，又何止水呢？

美国有个电子研究方面的专家，教人使用测谎仪。有一天，他心血来潮将测谎仪的两极接在一株牛舌兰上，然后往花的根部浇水，之后他发现测谎仪的电子笔急速画出一种曲线来。这种曲线正好和人的大脑在极短时间产生的一种兴奋、高兴时的曲线相同。后来有一天，他又将测谎仪接到另一株植物上，然后心想，拿火烧它的叶子会有什么反应呢？可未等他去烧，电子笔立刻画出一种曲线来，那是人在喊“救命”时才能画出的曲线。他的实验说明，植物本身拥有超强的感知能力。

世界是神奇的，我们的身边有着太多的未知领域。而我相信，世间万物都是有灵的。我们踏过的每一寸土地，我们望过的每一片白云，我们穿过的每一件衣服……它们都是有灵的，也都是有情的；它们不只能够感知我们的态度，还能够感知我们的意识。

那么，就让我怀着一颗谦卑的心，友善地、感恩地活在这个有灵有情的美丽世界上。

美洲豹的悲剧

美洲豹是力量和速度的象征，上帝赋予它非凡的狩猎能力，在这方面它甚至比号称百兽之王的狮子更为优秀。凡是美洲豹看中的猎物，很少能够逃出它的利爪，它是当之无愧的“草原杀手”。

当然了，即使如此优秀的猎手，也无法做到一击即中，也就是说，美洲豹也有失手的时候，而且像所有具有捕猎能力的动物一样，它失手的时候比成功的时候要多。

这本是很平常的事，但在美洲豹的眼里，却成了生死攸关的大事。如果它连续七次出击未能成功，它就会死掉。死亡的具体原因，除了体力上的消耗，更重要的是心灵所受的打击，是巨大的沮丧与失落！可以说，美洲豹是被自己“气”死的。

可以想象，连续七次未能捕获猎物的美洲豹，该是怎样的绝望。它一定以为自己无能至极，哪怕对于最小的羚羊也无能为力了，以后还不得活活饿死吗？无边的恐惧中，美洲豹真的走向了死亡。事实上，哪一只动物胆敢因为美洲豹的失手就小看它的威力呢？它只要养精蓄锐耐心等待，总有马到成功的时候，可惜的是，美洲豹未能坚持下去。

只因七次失手就怀疑自己的能力，最终走上一条绝路，美洲豹实在太脆弱太愚蠢了。那么，我们人呢？

1817年，勃兰威尔出生在英国，他是家中唯一的男孩，自幼深受家人的宠爱。小小的勃兰威尔才华出众，尤其在绘画和文学创作方面更有天赋，是公认的“天才男孩”。为了培养勃兰威尔早日成才，全家人，特别是他的三个姐妹节衣缩食，省下钱来送他到伦敦皇家美术学院去学习。

可惜的是，勃兰威尔觉得学绘画太难了，自己再怎么努力也不会有什么成绩。最后，勃兰威尔灰心丧气地回了家。

不久，勃兰威尔又觉得文学创作有意思。于是，他的三位姐妹有的到学校教书，有的去当家庭教师，挣钱来支持他进行文学创作。然而，勃兰威尔又感到写作太苦了，他不相信自己能够写出什么好作品来，干脆不再努力了。

一生庸碌的勃兰威尔吃喝玩乐，甚至酗酒、抽鸦片，最终染上肺病，去世时年仅31岁。临终前，他回忆往事十分痛悔，写下一篇人生杂感《天才的悲剧》。

勃兰威尔的三个姐妹为了他的成功，作出了无私的奉献。她们在辛劳之余，利用晚上的一点闲暇，凑着烛光，试着攀登弟弟所具有的文学天才的高峰。最终，她们分别为世界文学宝库留下了经典名著：姐姐夏洛蒂写下《简·爱》，妹妹埃米莉写下《呼啸山庄》，另一个妹妹安妮写下《艾格尼斯·格雷》。

毫无疑问，勃兰威尔拥有远胜于姐妹的天赋与物质条件。不幸的是，一次次的挫折，彻底摧毁了他的信心。面对人生的困难，他只是一味地退缩与逃避，白白浪费了自己的天赋，最终一事无成。

我相信，上苍在赋予一个人以生命的同时，一定也赋予他（她）独特的天赋。就像一粒树种，拥有着最优秀的遗传基因。假以时日，每一粒树种都能长成参天大树。可问题在于，漫长的成长历程中，又有多少棵幼苗能够经得住风吹雨打、雪压霜侵、孜孜不倦地生长下去呢？正如我们自身，有多少人能在自己最初选定的道路上坚韧不拔、百折不回地坚持到底呢？而所谓的成功，不过是坚持到底的结果。

从这个意义上说，美洲豹的悲剧正是勃兰威尔的悲剧，也是大多数人的悲剧。

蜗牛为何能成功

据说，能够登上金字塔顶的动物只有两种，一是老鹰，二是蜗牛。老鹰自不必说，这种空中骄子一飞冲天，登上金字塔顶实非难事。倒是蜗牛，令人异常惊讶，毕竟它的资质，过于平庸了。动物界若是举行慢行比赛的话，冠军非蜗牛莫属。这样一只被人轻视的小动物，它又是如何创造出令人惊叹的业绩的？

没有人统计过，从塔底到塔顶，蜗牛行经的路程一共有少米。但相对于渺小的蜗牛来说，那一定是个天文数字。漫长的历程中，蜗牛一步步地爬着，向上、向上、再向上。也许它有过迂回，也许它有过停顿，也许它有过退缩，但，它永远没有放弃。耐住寂寞，耐住孤独，耐住艰辛，耐住坎坷，蜗牛一路向上，直至最终成功登顶。

如此看来，蜗牛成功的秘诀并不复杂：一是有方向，二是能坚持。对蜗牛来说，无论面前的道路多么曲折，可它始终有自己的方向，那就是塔顶。向上、向上，是蜗牛永恒的信念。而无论前行的速度多么缓慢，无论向上的步伐多么沉重，蜗牛一直努力着。蜗牛的成功，实际上正是刻苦耐劳者的成功。

芸芸众生，天赋超群如老鹰者，实在是极少数。大多数人，都如蜗牛一般平凡而普通，但凭借着坚韧不拔的努力，他们照样创造出辉煌人生来。

林清玄是誉满世界的台湾作家，已出版了100多本畅销书籍。他的成功，并非来自于过人的天赋，而来自于长期超常的努力。从高中时代起，林清玄就坚持每天写一篇千字文。后来去部队服兵役时，他每天凌晨4点即起，起来写2000字。退役后做了记者，林清玄觉得自己需要更加努力，于是他开始增加自己的写作量，每天写3000字。这一习惯，一直保持到今天。

菲尔普斯在北京奥运会上狂揽八金，这一骄人的成绩，同来来自于他的刻苦努力。从少年时代起，菲尔普斯每天5点就起来训练，每天的训练量为16公里。除了训练，菲尔普斯一天只做两件事，那就是吃饭与睡觉。一年365天，天天如此，就连圣诞节也不例外。

还有著名的钢琴家傅聪先生，他在古稀之年，依然坚持每天练琴12个小时。如此可知，在他的成长岁月里，他花在钢琴上的时间，每天该有多少……

在这个世界上，每一个成功者的背后，都有一条洒满汗水甚至血水的道路。完全可以说，没有长期的艰辛努力，就不会有任何一个成功者。但遗憾的是，当他们功成名就载誉归来时，我们常常将他们的成功归之于他们的天赋与好运，而忽略他们长期刻苦的努力。当他们的杰出映衬出我们的平庸后，我们就会报怨，怨自己天赋太差，怨自己运气太坏，然后，心安理得地活在自己的平庸里。但如果我们能够静下心来反省自己，我们就会发现，真正导致我们平庸的因素在于我们怕苦怕累，随波逐流。是啊，一个既没方向又不努力的人，怎么可能不平庸呢？

一只蜗牛尚且能够登上金字塔顶，一个人若是全力以赴，又怎能无所作为呢？事实上，一个人只要听从内心的召唤，沿着自己选择的方向坚定不移地走下去，那他/她一定能够创造出辉煌的人生来。

经常挨饿的老虎

众所周知,老虎是百兽之王。作为啸傲山林的一方霸主,想来老虎过的是来去如风随心所欲的快意生活吧。

作为大型食肉动物,一只成年虎平均每天要吃6公斤左右的肉,捕到大型猎物如野猪时,一晚就可吞下30公斤。老虎的食量很大,平均8~9天就要猎食一只鹿、山猪、羚羊之类的大型有蹄动物才能吃饱。虽然老虎也捕捉兔、蛙、雉鸡之类的小动物,但它们只能当作老虎的小点心。

老虎的食物只能来自于自己的猎物,因此捕猎是老虎的"日常功课"。捕猎时,老虎自然伏低,然后无声地潜行;当猎物进入距离老虎10~20米的区域时,老虎突然一跃而起,直扑猎物。老虎力量强大却不耐长跑追赶,若一击不中,猎物就很容易逃脱。事实上,老虎平均出击20次才能成功一次。所以,老虎吃饱的日子并不多,换句话说,老虎经常挨饿。

身为百兽之王,老虎竟然时常食不果腹,这是谁能想到的呢?十多年前,当我第一次了解到老虎真实的生存状况时,内心的震惊至今难忘。

当时的我初到深圳。我本以为,凭着自己手中的名校毕业证书,在深圳找份理想的工作并非难事,但,现实却给了我当头一棒。

记得第一次进入人才大市场时,汹涌的人潮立刻就将我淹没了,犹如大海淹没一滴水。而我投出去的无数简历,几乎都如同泥牛入海毫无回音。即使偶尔获得面试的机会，也都没有下文……到深圳近一个月了，我的工作依然如同水月镜花。日日奔波在深圳的烈日下，我的心中充满了愤懑、失落、焦虑、惶惑……

那是一个寻常的下午，从人才大市场出来后，茫然间我拐进了附近的一家书店。就在我随手翻开的一本科普读物里，我看到了有关老虎的详细资料。那一刻，我惊讶极了，几乎不能相信自己的眼睛——老虎捕猎的成功率竟然低到1/20。而在此之前，我想当然地以为，只要老虎愿意，哪一只动物也逃不出它的利爪。

那一天，我长久地读着手中的资料，心中感到一种柳暗花明的开朗。一只老虎，尚且要历尽艰辛才能捕到一只猎物，那一个人又凭什么要求顺利地得到工作呢？面对生活的波折，自己又有什么值得抱怨的呢？

心结一旦打开，心境自然就变得平和了。接下来，我开始了新的求职之旅。撰写适当的简历，反省自己的不足，吸取别人的经验……在到达深圳的第40天，我终于接到了一家公司的录用通知……

此后的日子里，我再也不曾忘掉经常挨饿的老虎，尤其是在自己遭遇坎坷经受打击时，一想到艰辛捕猎的老虎，心中便一片安宁。对一只老虎来说，挨饿是它的生活常态，那么，对一个人来说，受挫不也是人生的常态吗？

明了这一点，生活中的每一场波折，我都能坦然走过了。

当生命濒临绝境

有一年外出旅行，当火车驶进隧道后，眼前只有黑暗，但乘客却毫不惊慌——因为隧道的尽头，就是光明。而人生，也有不期然跌进隧道的时候——爱人的背叛、重病的突袭、车祸的降临……所有这一切，都可能让我们置身于黑暗中。那时候，我们可以痛苦可以悲伤可以挣扎，但绝不可以绝望；要知道，那只是人生的隧道，而光明就在前方。

成长

再去湖边时，我又看到了一丛丛的金柳条，但让我惊讶的是，在那些开满了黄色小花的枝条上，竟然长满了青翠的叶子。而我清晰地记得，一周前，当我初次来到这片湖边时，金柳条修长的枝条上，只有黄色的小花，却连一片叶子也没有。

那一刻，面对满眼青翠的金柳条，我分明看到了光阴的痕迹。只是一周啊，那些新叶就悄悄地萌生出来舒展开来，为金柳条换了一副新装。

人们常说“草木无情”，可事实哪里如此啊。面对一丛丛长满新叶的金柳条，我分明看到了它们对春光的珍爱，对自己的珍爱。正是有了这份珍爱，它们方能在春光中奋力成长。

是的，它们是在成长，在无人察觉的时光中，金柳条无时无刻不在成长。对它们来说，一寸光阴都未曾浪费过，而最终，它们用自己的一身青翠，回报了大好春光。

从某种意义上来说，一个人何尝不是一株植物呢？这株植物，也应当时刻成长啊。那么，相对于一周之内长满了新叶的金柳条来说，我的成长又在哪里呢？相比一周前，是我的目光更敏锐了？是我的胸襟更宽阔了？是我的心地更善良了？还是我的情怀更慈悲了……

面对金柳条，我陷入了沉思……

一棵树，在秋天里发芽

开春，有人在大院里栽下四棵小树。

几场春雨之后，其中的三棵先后萌出了新的叶子，抽出了新的枝条。在阳光的照耀下，小树长得日渐茂盛，很快就成了院中一道美丽的风景。

但遗憾的是，任凭那三棵小树如何在风中摇曳青翠的枝条，靠近垃圾箱边的第四棵小树始终毫无动静，光秃秃的枝条上看不到一粒新芽。当我从树旁经过时，常听到路人议论："这棵树肯定早晚得死。"果然，随着夏日阳光的日益炽烈，那棵树原本饱满柔嫩的枝条变得干枯起来，轻轻一折就断了——看起来，它是真的枯死了。

夏日雨多，大雨小雨时常下个不停。有了雨水的滋润，那三棵小树似乎长疯了，它们很快擎起了绿油油的树冠。它们青翠的叶子，在雨中闪闪发亮。尽管雨水充沛，垃圾箱旁的小树仍然毫无起色，倒是树下的野草，蓬蓬勃勃的，充满了生机。

季节的转换悄无声息，当小树枯黄的落叶飘落到我的肩头时，我知道，秋天来了。

是的，秋天来了，院子里的落叶越来越多了。有一天，当我踩着满地落叶从垃圾箱旁经过时，我却惊讶地发现，在那棵光秃秃的小树上，竟然闪过一抹鲜亮的绿色。我一愣，走到树下仔细察看——在那里，在那干枯的树枝上，竟然真的萌生出了鲜嫩的新叶来，数一数，多达百片。

那一刻，我仰望着面前的小树，仿佛仰望一个长途跋涉的旅人。在无人关注的岁月里，在所有人都放弃它的日子里，这棵树，却从不曾放弃自己！它挣扎着，煎熬着，慢慢地积蓄自己的力量，慢慢地向前走去——走过荒漠，走过戈壁，走过旷野，最终走进了生命的绿洲……

原来，只要永不放弃生命的希望，即使在秋天，一棵树，也能萌发出新芽！

快乐是一种态度

初春的一天，我和儿子在野外玩，一不小心，儿子的足球被他踢进了一片灌木丛里。

那是一片比儿子还高的灌木丛，小人儿无助地望着我："妈妈！"我走过去摸了摸他的小脑袋："妈妈帮你捡！"

小心地挤进灌木丛，我的眼睛努力寻找着那只黑白相间的小足球，就在不远处，在一丛荆棘的底下。我慢慢地走过去，弯腰捡起了那只球，然后抬头，一转身，我的眼睛一下子被照亮了——我看到了那株桃树。

那是株很小的桃树，看起来不到1米高，稀疏的枝条上竟然缀满了密密的花朵：有的紧紧地打着骨朵，有的含羞地半开着，更多的花朵正勃然怒放！风拂过，那一抹嫣红一如跳动的火焰，在初春仍然荒芜的背景上，如此动人心魄。那些娇柔的花儿，密密地挤在一起，灿烂地开放着，像一张张孩子的笑脸，似乎正为自己的盛开而欢呼。一瞬间，我的心似乎被什么洞穿了。

那是一片寂寞的山野，除了我，可能再也没有一个观众。桃花孤独吗？桃花寂寞吗？桃花不语，兀自欣然地开放着。是啊，生命的花季来了，理应尽情地绽放啊！在没有笑脸的日子里，自己就是花脸；在没有欢呼的日子里，自己就是欢呼啊！一株桃花，就这样开得唯我又忘我，开得坦然又欣然。

谁说"草木无情"？一株桃花，却比我们更深地领会了自然之道。

多少年来，我一直觉得快乐与否取决于自己的人生际遇，被人欣赏讨人喜欢，受人尊敬，当然感到快乐。反之呢？若是受人责难，遭人冷遇，甚至无端被人羞辱，那时候还能保有一份快乐的心情吗？我不知道别人会怎么样，最起码我自己做不到。岂止做不到，一定还会心怀愤怒痛苦不堪，总想寻找机会反戈一击。而我的心情，便因此不断地在阴晴圆缺间起起落落。假若我是那株桃花，生在荒野又与荆棘为伴，我想我会抱怨，我会委屈，我会恼火，这样的生命怎么可能还有花季呢？

不由自主地想起一位老人。

那是一位92岁的老奶奶，双目早已失明，在她的丈夫去世后，她不得不住进养老院。当她转动步行器进入电梯时，体贴的护士对她那小小的房间进行了一番描述，包括挂在窗户上的镶有小圆孔的窗帘。“我真喜欢！”她热情洋溢地说道。“琼斯夫人，您还没有看到房间……再等等。”

“这和看不看没有什么关系，”她回答，“快乐是你事先决定好的。我喜欢不喜欢我的房间并不取决于家具是怎样安排的，而在于我怎样安排我的想法。我已决定喜欢它……”

这是怎样豁达而又睿智的老人啊！要经历多少风雨才能领悟到“快乐是你事先决定好的”？而拥有了这样的心境，人生所有的风雨不都是值得好好欣赏的风景吗？

“境由心造”，我们永远也不能决定自己的人生际遇，但我们可以努力把握自己的心情。快乐并非来自外界，而就蕴藏在我们自己的心灵里，就像老人所说的那样“快乐是你事先决定好的”。

既然如此，那我就决定自己每一天都带着笑脸出门，每一晚都带着快乐入眠。

前方那棵树

山势越来越陡，山路也越来越窄。其实，所谓的山路不过是一条羊肠小道，泛着浅浅的白色，一直向上延伸，窄得只能容一人通过。小道上，除了落叶，更多的便是细碎的石子。一不小心，便会踩到石子滑下来，那时，只能手忙脚乱地抓紧路旁的野草，以防自己摔下去。那些野草长得极为茂盛，叶子长长的、宽宽的，有着锯齿形的边。每抓一次，都会在手心留下几道血口。一路上来，手心已不知被划了多少道口子，汗水一浸，火辣辣的痛。

时值初春，上山时还觉得春寒料峭，可没爬多久，汗水便大滴大滴地在我的脸上流淌。刚开始，我还用纸巾仔细地拭去汗水，可后来，汗水源源不断，忙得我只能用袖子一抹了之。而我的衬衫，早就被汗水浸透了。山间不时有风吹过，可我的脸上似乎罩了只面具，躁热得难以忍受。

出发时轻飘飘的背包已变得沉重无比，其实背包里不过装了两瓶水、一袋面包还有一些小物品，一开始拎在手里几乎觉不出它的重量。而不知何时，我的双腿已变得又酸又胀。每一次举步向上时，我都能听到自己心脏剧烈的跳动声。终于，我停了下来，我觉得自己已精疲力竭，一步也走不动了。

站在小道上，我向山顶眺望，山顶云雾在缭绕，看不清那里秀美的景色，可无限的神往已在我的心底涌起。然而，我实在太累了，那么遥远的地方，哪里还能上得去呢？俯瞰山脚，长长的小道在我的脚下延伸，将近一半的山路已被我爬完了。就这样下山吗？那我所有的努力不都白费了吗？我又怎能甘心呢？

站在半山腰，我默默地向前方望去，前面大约50米的地方，有一棵大树，树干粗壮，枝叶横披。我的心一动，对了，先爬到那棵树再说。

擦了擦脸上的汗水，紧了紧脚上的鞋带，我再次起程。小心地踩着那条小道，紧紧地抓着路旁的野草或是小树的枝条，手足并用地，我向上爬去。我不再想那高高的山峰，我的眼睛只是盯着选定的那棵大树，那棵树默默地站在前方，好像在无声地召唤着我。50米、40米、30米……那棵树越来越近，近得我已能看清树上那些嫩黄的、椭圆形的树叶。终于到了那棵大树边，疲备不堪的我一下子坐在了树下。我大口大口地喘着粗气，剧烈的心跳使心脏几乎蹦出了我的胸腔，虽然汗水就在我的脸上纵横流淌，那一刻，我连擦汗的力气都没了。而这一次小小的成功，却让我的心中充满了喜悦。

坐在树下，恰好有山风拂面而过，我感到说不出的清爽。喝点水，休息一会儿，我再次选定前方大约50米外的一棵树作为目标。几分钟后，我便到达了第二棵树，接着，第三棵、第四棵、第五棵……一路上，我的眼睛不再仰望高高的山峰，只是盯着前方的那一棵树，竭尽全力地向着它爬去。而每当我达到自己预定的目标时，我便感到，有一种力量，自我的心底涌起，支撑着我向着下一个目标努力。令我自己吃惊的是，在我的体内，似乎蕴藏着无穷的力量，我一直不断地向上、向上攀登。就这样，三个多小时后，我竟然到达了云遮雾绕的山顶。山风猛烈地吹动着我的衣衫，我的心中感到说不出的舒畅与自豪。对着山谷，我激动得大声呼喊：“你好！我来了！”

而今，从那座山上下来已经很久了，可我始终忘不了那条艰难的小道，更忘不了，是沿途那些高高矮矮的树木，是它们，将我引向了山顶。

自那以后，我在生活中遇到许多比爬山更艰难的挑战。每一次，不论我面临怎样的困境，我都会想起那座山，想起那些树。冥冥之中，似乎总有一个声音在对我说："别急，先爬到前方那棵树再说。"于是，我便开始心平气和地着手解决眼前的问题，而人生的无数难题，一个个也就因此迎刃而解；生活中的许多目标，也就慢慢地得以实现。

其实，我们每一个人在青春年少的时候，都曾有过伟大的抱负，可随着时光的消逝，我们的梦想依然止于梦想。许多时候，并不是我们没有成功的实力，而是我们将目标定得过于雄伟，距离自己太远了。于是，面对伟大的目标，我们一次又一次地品尝失败的苦酒。而那些苦酒，最终将我们的信心全都湮没了。事实上，成功离我们并不远，就像前方那棵树，50米的距离很快就能越过，而当我们越过一棵又一棵树后，我们最终就能站在山顶上。

慈悲

有一次，弘一法师的老友到山上去探望他，突然发现山上一棵枯死多年的树发出了新的嫩芽，心里感觉纳闷，便问弘一法师道："这树死了多年，现在又发芽了，大概是您这位高僧到来，感动了这棵树，使它起死回生的吧？"弘一法师回答："不是的，是我每天为它浇水，它才慢慢活起来的。"

这便是慈悲。

慈悲是一种真正的爱，博大而深邃，这份爱如同甘露，洒向世间的每一角落，即使是一棵枯死多年的树木，也不会被遗忘。

长慢点，把根扎牢

盛夏，一场八级狂风突袭了南方一座城市。

大风过后，街道上一片狼藉，不少大树被狂风连根拔起掀倒在地。

仔细检查就会发现，那些倒伏的大树多为泡桐、臭椿、悬铃木等速生树种。原来，南方城市雨水充足，地下水位高，土壤营养丰富，如此一来，那些速生树不必努力扎根就能吸收到充足的水分。尽管这些树根系很浅，但它们的成长速度却极快，几年下来，一棵小树就长成树干粗壮树冠庞大的大树了。然而，当狂风袭来，这些树也就在劫难逃了。由于根系太浅，树冠太大，狂风一刮，重心一偏就倒了——倒下来的大树，只能一伐了之。

然而，同样是这些速生树种，在北方却全然无惧于狂风的袭击。原因很简单，北方缺水，那些树只能拼命努力把根往下扎，扎得越深越好——唯有深深扎下自己的根，它们才能获得足够的水分，茁壮成长。当这些树长成大树时，它们也就拥有了牢不可破的根基了。

从某种意义上来说，人，同样也是一棵树。成长的岁月里，我们总希望自己长得快点、再快点，尽快长出粗壮的树干、庞大的树冠，让全世界为我们瞩目、喝彩。可惜，当生活的狂风暴雨突然而至时，我们粗浅的根系根本不足支撑我们抵挡风雨的打击——倒伏，就成了我们最终的命运。

这样的结局真令人警醒。成长的岁月里，还是让我们长得慢点，把根扎牢吧。

用笑容面对苦难

她是一位普通的女子，在一所大学里做着会计。

青春岁月里，她恋爱，结婚，后来做了一对双胞胎女儿的妈妈。就在女儿一岁七个月时，灾难从天而降——两个女儿都被确诊患了脑瘫。

她惊呆了，那么可爱的女儿，怎么会患上脑瘫呢？痛苦万分的她，将泪水咽回肚里，带着女儿到处求医问药。然而，几年的奔波下来，女儿的病情并没有多大的好转。渐渐地，丈夫承受不了生活的重压，频频抱怨女儿拖累了他的生活，并且一次次将怒火发泄到女儿身上。为了女儿，她和丈夫吵了一次又一次。终于有一天，丈夫向她发出了最后通牒：要么离婚，要么将女儿送走。

她怎么也没有想到，曾经深爱的男人竟然能够说出如此绝情的话。作为母亲，她怎么能够放弃自己的孩子呢？她们是她的心肝啊！放弃她们，无异于放弃她自己的生命。那么离婚吧，如此狠心的男人，就随他去吧……

挺起胸膛，她将生活的重担一肩担起。带着女儿，她五上北京，两下广州，寻找着每一点康复的希望。在家里，她每天要为女儿做上六小时的康复训练。而为了赚钱，她还专门学会了网页的制作……

19年的时光过去了，在她的精心呵护之下，女儿的状况日渐好转：会说话了，能站立了，可以上网了……

她的事迹渐渐地流传开来，越来越多的人知道了她的名字——

任菲莉。

见到任菲莉，是在中央电视台直播的第三届十大杰出母亲颁奖晚会上。当任菲莉上台领奖时，我惊讶了。在我的想象中，一个承受了深重苦难的女子，一定是辛酸的、哀婉的、潦倒的。可站在领奖台上的任菲莉，身材修长衣着时尚，举止优雅，尤其是她的眉宇间，洒满了笑容。任菲莉，分明是一个充满了阳光气息的都市丽人。

任菲莉领完奖后，现场播放了一则根据任菲莉母女日常生活录制的短片。短片里，任菲莉笑着给女儿做康复训练，任菲莉笑着推女儿荡秋千，任菲莉笑着教女儿学英语……几乎所有的时刻，任菲莉都是笑着的，那种发自肺腑的笑容，充满了强烈的感染力，让每一个看电视的人，都能从心里笑出来……

一直以来，我都以为，与苦难紧紧相连的，是泪水与哀愁，在现实生活中，确实有太多历经苦难的人，目光凄凉表情忧郁。然而，当充满了阳光气息的任菲莉笑着走进我的视野时，我终于知道，面对苦难还有更好的方式，那就是用笑容面对它。

活在这个世界上，常会有苦难不期而至：失业了，生病了，遭遇情感的背叛了……为了与苦难抗争，我们拼尽体力耗尽钱财。这时候，不要气馁，不要叹息，更不要自暴自弃，因为，我们还拥有取之不尽用之不竭的宝藏，那就是我们的笑容。当我们笑着面对苦难时，那笑容就如阳光一般，能够驱散所有的黑暗与阴霾，给我们带来生生不息的希望与源源不断的力量。我们的笑容，足以支撑我们穿越苦难，迎来幸福。

生命的转弯

1946年秋，西南联大毕业的汪曾祺只身来到上海。他想得很好，也想得很美，因为以他26岁的年龄，在上海谋一份差事还不至于太费劲。所以，他寻找工作的间隙，还不忘读几页书。

然而，现实远比想象的严峻。过了很长一段时间，原先认为毫不费事就能找到的工作依然是水月镜花，毫无着落。

汪曾祺从灰心丧气到恼羞成怒，一气之下撕毁了自己的手稿，还摔了一只茶杯，认为老天爷要在大上海给他一条绝路。

后来，他给远在北京的沈从文先生写了一封绝笔信。信投进邮筒，他便拎起酒瓶上了大街，不是醉卧沙场，而是在街头自杀。没想到烂醉于街头没死成，只是很长时间昏昏沉沉地醉着。

远在北京的沈从文先生接到汪曾祺的绝笔信后十分生气，回信不但速度快而且说话也不客气，简直是当头棒喝：为了一时的困难，就这样哭哭啼啼，甚至想要自杀，真是没出息。你手里有一支笔，你怕什么？

自杀未遂的汪曾祺接到沈先生的回信后一读再读，恍若大梦初醒，继而汗颜不已。他开始咀嚼信中的每字每句，审视自己的一言一行。彻底醒悟的他重新振作精神，抖掉身上所有的包袱，不久就在上海的一所民办学校里找到了一份工作。

毫无疑问，汪曾祺是幸运的，在人生的紧要关头，一双有力的大手将他从绝望的深渊里拯救出来，他的人生，至此成功地拐了一个弯。

然而，茫茫人海，并不是每一个绝望的灵魂都如汪曾祺一般幸运。

据卫生部统计，我国每年有28.7万人自杀身亡，约有200万人自杀未遂。也就是说，每两分钟就有1人死于自杀，有8人自杀未遂。在15～34岁人群中，自杀已是列于首位的死亡原因。自杀者的离去，还给亲人留下沉重的伤痛，我国每年约有150万人因家人或朋友自杀而出现长期严重的心理创伤，有16万小于18岁的孩子因父亲或母亲自杀而变成单亲家庭。

数字是枯躁的，可它们所揭示的现实却残酷得弥漫着血腥的气息。

人们常说“好死不如赖活”，可见那些选择绝然而去的心灵中承受着多么深重的痛苦与绝望。他们的心路上一定洒满了辛酸，洒满了挣扎，洒满了血泪，他们的瞳仁里一定注满了黑暗，再也看不到一丝光明，他们的脚下一定是荆棘遍布巨石挡道……否则，他们何以割舍得下这个鲜活的世界？只是，已被命运逼入死角的他们，在转身之后真的就再也找不到一条生路？我不相信！就如汪曾祺，当他绝望地酗酒自杀时，沈从文先生却对他大喝一声“你有一支笔，你怕什么？”而新生的道路，其实就潜伏在他的脚下。

在这个世界上，没有哪一条通向远方的道路从不曾拐过弯道，也没有哪一条流进大海的河流从不曾变换过方向。既然如此，又怎么能要求我们的人生笔直向前呢？不经意间，工作的失落，情感的背叛，疾病的纠缠，经济的窘迫就会使我们的生命陷入低谷，甚至走进一条“死胡同”，我们因此痛苦地挣扎，沮丧地退缩，无奈地放弃，并且不断在心底怀疑自己再也走不出人生的黑夜……这一切可怕吗？不可怕。这一切丢人吗？不丢人！所有艰辛的经历，都是我们为成长所付出的代价，我们的心灵将因此而变得更加坚强，更加勇敢更加豁达，从而真正走向成熟。

人生总有逆境，当我们在黑暗中四顾茫然，当我们在人群中孤立无援，当我们在绝境中苦苦支撑时，只要我们自己再多一份顽强，再多一份忍耐，再多一份自信，我们终能赢来命运的转机。“天生一人，必有一路！”只要我们自己的心中还有希望，我们的脚下一定会有新的道路。

漫漫长路，在越过命运的山重水复之后，迎接我们的，必然是柳暗花明。

生命的落点

浩瀚无垠的大西洋海面上空，出现了庞大的鸟群，数以万计的海鸟在天空中久久盘旋，并不断发出震耳欲聋的鸣叫。

令人惊诧的是，许多海鸟在耗尽全部体力后，义无反顾地投入茫茫大海，葬身鱼腹，海面上不断激起阵阵水花……

鸟类学家也感到这种现象十分奇怪。在长期的研究中他们发现，来自不同方向的候鸟，会在大西洋中的这一地点会合。他们一直没有搞清楚，那些鸟儿为何会一只接一只，心甘情愿地投身大海。

这个谜团终于在上个世纪中期被解开。

原来，鸟儿葬身的地方，很久以前曾经是个小岛。对于来自世界各地的候鸟来说，这个小岛是它们迁徙途中的一个落脚点，一个在浩瀚大海中不可缺少的“安全岛”，一个在它们极度疲倦时可以栖息身心的地方。

然而，在一次地震中，这个无名的小岛沉入大海，永远地消失了。迁徙途中的候鸟们，仍然一如既往地飞到这里，希望稍作休整。

但是，在茫茫的大海上，它们却再也无法找到它们寄予全部希望的那个小岛了。早已筋疲力尽的鸟儿只能无奈地在“安全岛”上空盘旋鸣叫，盼望着奇迹出现。当它们终于失望时，最后的一点力气已经消耗殆尽，只能将自己的身躯化为汪洋大海中的点点白浪。

可怜的鸟儿，它们不知道沧海桑田是如何演变的。当生命中的

“安全岛”彻底消失后，再也找不到落点的它们，接下来的命运就可想而知了。

像鸟儿一样，我们的人生何尝不需要“安全岛”呢？在那里，我们可以卸下全身的铠甲，抖落满身的疲惫；在那里，我们可以慢慢地喝一杯茶，轻松地听一首歌；在那里，我们可以尽情地哭、纵声地笑……那里，是我们生命的落点，是我们心灵最坚实的依靠。

流转的时光中，我们可能拥有不同的落点：童年时母亲的怀抱，少年时朋友的肩膀，青年时爱人的双手……然而，所有这些落点都有可能像大西洋的小岛一样，随着地震而消失，到那时，我们的生命又将依靠什么作为支撑呢？

“文革”时，沈从文先生被下放到湖北咸宁干校，老人家身心的凄苦可想而知。然而，就在那样艰苦的环境中，他在给黄永玉的信中却如此写道：“这里周围都是荷花，灿烂极了，你若来……”可想而知，凭借那些荷花，沈从文先生为自己营造了一个心灵的“安全岛”，从而平安地走过了那段艰难岁月。而作为画家的黄永玉，就曾经用手中的笔为自己创造了一个“安全岛”。有一年黄永玉来到北京，住在新巷“芥末”故居。那是一间十分简陋的房子，不但陈旧，而且四壁连一扇窗户也没有，沉闷与压抑可想而知。但黄永玉毫不在意，他拿出一张洁白的画纸，贴在墙上，随后信手挥毫泼墨，画了一扇窗。顿时，小屋显得生机勃勃……

这些从容走过苦难岁月的人们，让我们看到了这个世界上最好的落点，那就是他们自身。

传说佛祖临终时，留下的遗言便是“自以为灯，自以为靠”。对凡俗的我们来说，一颗睿智而坚韧的心灵，不正是我们生命中永不消失的落点吗？

阿基米得曾经说过：“给我一个支点，我就能撬动地球。”而我们，一旦拥有生命的落点，就能超越所有的苦难。

当生命濒临绝境

小男孩刘洋很不幸，因为患有先天性语言障碍，七岁的他始终不曾说过一句话。尽管父母带着他辗转求医，却一直没有什么效果。

生活的重压使母亲不堪承受，她在2007年3月的一天带着自己的衣物从家里不辞而别。母亲的离去，彻底击碎了父亲的信心。绝望的父亲觉得自己再也活不下去了，他决定带着儿子离开这个世界。

2007年3月13日中午，在重庆市石坪桥的一间出租屋内，父亲将农药倒在杯子里，要刘洋喝下去。就在那一刻，奇迹发生了，从不曾说话的刘洋哭叫着："爸爸，我想活下去！"刘洋的话惊呆了父亲，也惊醒了父亲，他扔掉杯子，将刘洋紧紧地搂在了怀里……

当死亡的阴影直逼眼前时，小小的刘洋竟然突破了先天性的语言障碍，对父亲对世界喊出了自己的心声"我要活下去"！

刘洋的举动让我们看到了蕴藏在一个生命中的巨大潜能，这个潜能具体有多大，谁也无法说清，但它一旦爆发，随之而来的必然是奇迹。

美国人梅尔龙19岁那年，被流弹打中背部下半截，经治疗后虽逐渐恢复健康，却无法行走，只能靠轮椅代步。这种状况，一直持续了12年。有一天，他从酒馆出来后，照常坐着轮椅回家。不幸的是，他遇到了劫匪动手抢他的钱包。他的叫喊与抵抗触怒了劫匪，他们竟然放火烧他的轮椅。眼看着轮椅着了火，急于逃生的梅尔龙忘了自己的残疾，起身离开轮椅拼命奔跑，竟然一口气跑完一条街……

若不是遭遇抢劫,梅尔龙的一生或许都要在轮椅上度过。可一旦濒临绝境,求生的本能使梅尔龙的潜能最大限度地发挥出来,而他也从一个残疾人变为健步如飞的正常人。

如此看来,濒临绝境非但不是命运的残酷,反而是命运对一个生命的巨大恩赐。

平常的日子里,我们总渴望过一种安宁的生活,一旦遭遇磨难,便会本能地心生抱怨,抱怨命运的不公与残酷。可实际上,正如濒临绝境是命运的恩赐一样,磨难也是命运给予众生的一份厚礼啊。看看吧,普通的水因了高压而成了壮观的喷泉,柔软的泥因了高温而成了坚硬的砖头,平凡的铁因了千锤百炼而成了锋利的宝剑……可以说,正是磨难,成就了世间珍贵的物品。我们的人生,何尝不是如此呢?

漫长的一生中,我们也许不会濒临死亡的绝境,但我们一定会遭遇一场又一场的磨难:下岗了,生病了,遭遇情感的背叛了……每一场磨难都是人生对我们的一次挑战,而每一次挑战都会激发出我们巨大的潜能,我们的人生,因磨难而不断升华。岁月的土壤里,磨难正是最肥沃的养料,我们的生命之树因之而郁郁葱葱。

当吸管穿透土豆

给你一支吸管，一支普通的用来喝牛奶的吸管，再给你一只土豆，一只家常的拳头大的土豆。请问，你能用吸管穿透土豆吗？

不能——大概你会这样说。那么，再给你一个辅助工具——杯子，情况又会怎么样呢？

就让我们亲自动手试一试吧。

先将土豆架在杯子上，接着用右手的四指抓紧吸管，再用拇指扣紧吸管的顶端，最后猛力向下扎去——吸管霍然穿透土豆，还带出一根纤细的土豆丝来。

这个试验的关键是，要用拇指扣紧吸管的顶端。这样一来，被隔绝了空气流动的吸管就会变得异常坚硬，足以穿透土豆。

而我之所以动手做这个试验，完全缘于我的儿子。自从成了一年级的小学生后，儿子就迷上了《我们爱科学》这本杂志。每每看到杂志上介绍的试验，他不但自己动手去做，还要拉着我做他的"同盟军"。前不久，当他拿着土豆、吸管前来找我时，我回绝说："做什么试验，吸管根本就不能穿透土豆。"但儿子却不依不饶："妈妈你说得不对，杂志上说能穿过的。"拗不过儿子的软磨硬缠，我终于答应和他一起动手。按照杂志上指点的动作要领，我握紧吸管扎了下去，却惊讶地发现，吸管顺利穿透土豆。那一刻，我几乎不敢相信自己的眼睛。重新换了吸管与土豆后，结果依旧不变。我不得不承认，我的"想当然"多么可笑，一支纤细的吸管，真的有能力穿透一只粗壮的土豆。

这个小小的试验令我异常警醒。几十年来，有多少“不可能”只存在于我的头脑中而不存在于这个现实世界里！而我，因为心中的“不可能”，又错过了多少尝试的机会啊。

当吸管穿透土豆时，它也穿透了我心中所有的成见。在这个世界上，只要尽力去做，一切皆有可能。

站远了看

那一年，她的人生遭遇重创——她挚爱的男人背叛了她，无论她怎样流泪乞求，他都不曾再回头看她一眼。他的冷酷，恍若寒冬里的一盆冷水，将她心头的柔情浇灭殆尽，她的恨，如烈火一般在心头燃烧。

她开始了疯狂的报复。一有时间，她就堵在他的办公室门口，对他破口大骂；她找到前夫新欢的宿舍前，对着围观的左邻右舍宣讲他们的风流韵事；她甚至找到前夫新欢的父母，要他们管好自家的女儿，不要动不动就去勾引别人的老公……

她的报复，令那一对男女异常狼狈，而她自己的生活，也因此变得鸡飞狗跳……

望着日渐憔悴的她，她的好友心疼不已。为了让她散散心，好友开车将她带回了自己的老家。好友的老家位于大山脚下，是一座大大的四合院。院子里，有架茂密的葡萄，正是初秋，满架的葡萄如同紫色的水晶，看起来分外诱人。她非常喜欢那一架葡萄，成天拖张椅子坐在葡萄架下，看看书，听听音乐，更多的时候，望着那一串串葡萄发呆。

在好友家休养几天后，好友带她去爬山。那座山虽然高，但并不陡峭，狭窄的小路向山上延伸，有溪水自山上跳跃而下。她们沿着山路，随意地向上面爬去。渴了，喝两口随身带来的矿泉水；饿了，吃两口好友自烙的馅饼；累了，就躺在溪边的石头上歇一会……她们从早上7点出发，直到下午2点方才达到山顶。站在山顶上，当山风呼啸着掀起她的衣襟时，她的身心为之一爽。

拉着她的手，好友示意她俯瞰山脚。“怎么样，能看到我家的四合院吗？”好友问道。

她轻轻地摇了摇头。她的视野里，只有一片浓密的树荫，以及树荫里隐约露出的墙角，至于好友家的四合院具体在哪里，她实在分辨不出来。

“那你还能看到葡萄架吗？”好友接着问道。

她不解地看了好友一眼，觉得好友问的纯粹是废话。

“那你还能看到葡萄吗？”好友继续追问。

不待她回答，好友就拉着她在山顶的石头上坐了下来。“你想想，你住在我家院子里时，天天一抬头就能看到葡萄。现在你站在山顶上，不要说葡萄了，就连院子和村子都看不到了。”好友慢慢地说着，“其实，他对你来说，也像那一串葡萄，你站在他身边，成天一抬头就能看到他。你要是站远了再看，你的眼睛里哪里还有他？人的一辈子那么长，他不过是你人生路上的一个旅伴，有没有他你都要赶路，哪里值得你把时间和精力全都放在他的身上？再说了，20年前你失恋的时候曾经大病一场，可你现在还能记得那个男孩的样子吗？”一番话说完，好友长久地沉默着。

恍若一脉清泉，好友的话从她的心上缓缓流过。是啊，20岁前她只有18岁，初恋的甜蜜让她沉醉，然而那种甜蜜并不长久。失恋后，她觉得自己再也活不下去了。但生活一直向前走，她后来再度恋爱成家，并且有了一个可爱的儿子。至于初恋的男友，即使她努力去回想，也只能记得一个模糊的影子。那么丈夫呢？他的背叛令她的世界天崩地裂，为了报复他，她荒废了工作、疏忽了父母，甚至连孩子也无心过问——她的眼睛里,只剩下了丈夫一个人。而当她歇斯底里与丈夫大吵大闹时,她并未感受到片刻的痛快与欢乐。其实,丈夫只是她生命的一个过客,可不幸的是,她却把他当作了人生的全部。事实上,如果她站得足够远,脚下的大山看起来也只是一粒尘埃,至于她的丈夫,根本就连影子也看不到了。如此说来,如果她的生命足够丰富、足够宽广,那么那个背叛她的男人根本就可以忽略不计了……

终于到了下山的时候了,拉着她的手,好友再一次和她一起俯瞰山脚。“凡事都要站远了看。”拍拍她的肩,好友和她向山下走去。

“凡事都要站远了看”。一路上,她默默地品味着这句话。渐渐地,她感到纠缠于胸的恩怨是非爱恨情仇消散开来,她的世界变得云淡风轻……

心如井

行走在这个世界上，谁都渴望有一份真爱守在身边，但世事的变迁，又岂是人力能够把握的？有朝一日，当深爱的人转身而去，你可以流泪可以悲伤，但绝不可以自暴自弃；因为你的身边，还有一个永恒的爱人，那就是你自己。只要你能够珍爱自己，你的人生，一定会有幸福。

你为什么不过来喝杯茶呢

84岁的唐·里奇是一名澳大利亚人，家住悉尼东部。在他家附近，有一座临海悬崖。自19世纪以来，不少人选择在那里结束生命。当地官员说，那里平均每周发生一次自杀事件。那座悬崖，也被人称为“自杀崖”。半个世纪来，唐·里奇一直守望着“自杀崖”，并且尽力劝阻试图自杀的人们。

每天早晨，里奇起床后的第一件事，就是到窗前观察“自杀崖”。如果发现有人站在距离悬崖很近的地方，他就会奔过去。于是，那些在死神面前绝望徘徊的人们，就会透过海浪听到这样一句话：“你为什么不过来喝杯茶呢？”转过头，他们看到一张笑脸。那张笑脸是如此的温暖而友善，如同春风，拂过他们冰冷的心灵，让他们感到难言的慰藉。他们暂时放下自杀的念头，开始对里奇倾诉心中的痛苦，而里奇，专注地倾听着，不时地应上几句，那些由衷的回应，引得他们不停地诉说着……

说来奇怪，当心中的痛楚一泻而尽后，那些绝望的人们竟然暂时打消了自杀的念头。里奇趁机邀请他们到家里去坐一坐，喝杯茶，吃点点心，他们，顺从地答应了……当他们最终走出里奇的家门时，他们对人间重又萌生出新的眷念与希望……

就这样，50年来，唐·里奇先后将160多人从死亡线上拉了回来。

唐·里奇不是专家，他只是一个珍爱生命的普通人。但他，凭借着自己的微笑、倾听与热茶，凭借着一颗悲天悯人的心灵，创造出一个奇迹。而奇迹的引子,就是一句话——你为什么不过来喝杯茶呢?这是普通的一句话,又是温暖的一句话,更是充满了真情、充满了关爱的一句话。正是这句话,温暖了冰冷的心灵,开启了紧闭的心扉,唤醒了沉睡的渴望,让那些绝望的人们,重新又回到了人间。

生活在这个世界上,每个人都有陷入困境的时候。如一艘帆船,失去了自己的桅杆,在大海里苦苦飘零。若在长久的挣扎之后依然找不到彼岸,他们,往往就会选择绝路。而这样的选择,又是多么令人心痛。人生路上,面对那些苦苦挣扎的人们,也许我们没有能力像里奇一样,邀请他们来家里坐一坐喝杯茶,但是,我们依然可以伸出自己的手——给他们一个温暖的笑容,给他们一个鼓励的眼神,给他们一个积极的暗示,给他们一声诚恳的问候……而我相信,这些微不足道的举动,将会化着烛光,驱散他们心头的黑暗,让他们重新找到自己的方向。就像一位心理学家所说:“他们(自杀者)一般不想死,更多的是想让痛苦消失,所以,如果能送上关心或希望,任何人都有能力拯救许多生命。”

是的,当我们付出自己真挚的关爱后,我们就能给绝望的心灵带来希望。

心如井

荒野里有一口井。井很深，深不可测的井里蓄满了水，澄澈、纯净而甘美。在烈日如火的盛夏，井水是清凉的；在冰封千里的严冬，井水是温热的。

这是一口古老的井。似乎自从盘古开天辟地以来，它就静静地立在那里。它曾见证过繁华走向荒凉，亦曾目睹过沧海演变为桑田，但无论世事如何变幻，井中之水却始终如一。

这是一口安静的井。且不说风和日丽时，井水如镜子一般清晰地倒映着天光云影，就是电闪雷鸣暴雨如鞭时，井内依然波澜不惊。是啊，对这样一口历经沧桑的井来说，世上还有什么能打破它的安宁呢？

这是一口神奇的井。记不清是哪一年了，山洪暴发后，滚滚而下的洪水挟带着大量的泥沙彻底淹没了这口井。但几个月后，这口井竟然慢慢地恢复了自身的澄澈、纯净与甘美。

这是一口寂寞的井。立在荒野中，整日与荒草为伴。偶尔，会有飞倦的小鸟落在井沿，喝饱水洗好羽毛后，拍拍翅膀头也不回地飞走了。偶尔，会有跑累了的野兽停在井边，张开大口喝足水后，毫不留恋地跑远了。偶尔，还会有亡命天涯的逃犯，慌里慌张地停下来，将自己的皮囊装满水后，又匆匆地远去了……不过，也不是没有热闹的时候。有一年天下大旱,河枯泉干,渴极了的人群四下找水,终于找到了这口井。大喜过望的人群,川流不息地前来打水……等到旱情缓解后,这口井又渐渐地被人遗忘了……

井,静默地立在荒野里,看日升日落,看四季流转。对它来说,世上的一切都是无所谓的,而澄澈、纯净而甘美的井水,才是它的一切。

这是一口井吗?是的,这是一口井,可它,更像一颗心。

我愿我的心,恰似这样一口井。

只需一点润滑油

从何时起，门锁变得越来越涩了？

几年前，她刚搬进这套房子时，门锁轻巧如蛇舌，轻轻一碰，门便严丝合缝。那清脆的“咔”的一声，似乎在同她道别。这样的日子过了好久，每次出门时，她似乎都忘了锁的存在，就那么轻轻一碰，她便放心地将家交给了大门。可有一天，当她顺手将大门一拉时，她却没有听到“咔”的一声，回头一看，锁舌依然伸在外面。她愣了一下，使劲一拉，门终于关了起来，可猛烈的撞击把她自己都吓了一跳。也就是从那时起，门锁开始同她作对的吧？起初，她用一用力，门还能关上，可后来，虽然她用了好大的力气，可锁舌却常常如同坚守阵地的勇士，绝不退让半寸，任凭她站在门外又气又急。有一次她急着去上班，可门却怎么也关不上，最后，她用尽全身力气，猛地将门向前一拉，她的手清楚地感到门框的颤动，而巨大的声音，正在楼道里回响，惊得对门的老太太，好奇地探出头来，可就那样，锁舌依然坚如磐石，未曾退让半步。她气得满脸通红，却又无可奈何，总不能将大门敞着出去吧？没办法，她找了半天钥匙，将门反锁好才下了楼。

日日开门关门，那把锁渐渐地成了她的心病。如此一来，每日清晨再好的心情，出门时总会打些折扣。那把锁，因了天长日久的撞击，已在锁舌的前端磨出了一个浅浅的凹槽。而无奈的她，也只能每天将大门撞得砰砰直响。

前不久，久别的哥哥从另一个城市前来看她，在家吃完饭后，她送哥哥下楼。出门时，那把锁依然顽固地同她作对，连着关了几次，门仍然没有关上，就在她掏出钥匙准备锁门时，哥哥拦住了她：“让我看看。”哥哥低下头，将锁舌轻轻地按了按，然后问道：“家里有机油吗？”她摇了摇头。哥哥随即去了厨房，回来时他的手中多了一瓶色拉油，那是家里炒菜用的。拧开瓶盖，哥哥将色拉油倒入锁舌顶端的槽中，随即将锁把拉了拉、转了转，最后他掏出了纸巾，将油污擦尽，对她笑笑：“你来试试。”她过去试了试，奇怪，那锁又成了蛇舌，轻轻一碰，门便合上了。“记住，以后经常加点油。”临走时，哥哥对她嘱咐道。

那天，独自在家的她将大门开开关关，像个孩子似的摆弄了半天。真没想到，困扰了她那么久的难题，只需一点点润滑油就迎刃而解了。一切就是如此简单，要是她早一点想到，她的生活中岂不是省却了许多麻烦？关好门，静静地坐在家里，她想起了公司里一直与她疙疙瘩瘩的那位同事，想起了那份谈了一个月尚未拿下的合同，想起了考了几年仍未拿到的证书……这些问题，都曾压得她喘不过气来，可那一天，一想到那把重又巧灵如昔的门锁，她便觉得心头豁然开朗，她知道，只要经常加点润滑油，这些难题也会迎刃而解的。

感谢伤痛

直到手镯撞击地面发出清脆的响声时，我才意识到自己已趴在了地上，望着散落一地的报纸，我始终想不明白，自己到底是怎么一脚踏空而摔了下来的？

既然摔了，那就起来吧。谁知，我的右腿稍一用力，一阵钻心的疼痛便从脚腕处传了过来，糟了，脚崴了。我用手撑着地面，慢慢地蹲起，然后，用左脚使劲撑着，终于站了起来。一瘸一拐地，我“走”到了椅子旁坐了下来，右脚依然疼痛不止。

那时我正在一个偏远的小镇上。那是我旅行中的一个小站，我的目标是前方那些闻名遐迩的青山绿水。在电视里，在图片上，在梦想中，多少年了，那些山水一直向我发出无声的召唤，我最终决定利用这个难得的假期一偿夙愿。如果我这一次掉头而去，也许我再也没有重来的机会了，而我，又怎能甘心呢？……

主意尚未打定，我低头看一下右脚，谁知，就这么几分钟，脚面竟然鼓起了两个大包。我用手按了一下，疼痛在瞬间直达心脏，我试着站了起来，谁知右脚刚一着地，右腿便一软，我不由得坐了下来。

事已至此，唯一的出路也只能是回家了。

怀着深深的遗憾，我向车站进发。起步时，我选迈左脚，然后在右脚脚尖着地的那一瞬间，左脚旋即再跟上。就这样，一“点”一“点”地，我向车站挪去。近百米的路程，几乎成了我的万里长征。快到车站的时候，一条一尺来宽的小沟拦住了我的去路，南来北往的行人谁也没有把那条小沟放在心上，他们轻松地从小沟上跨了过去，唯有我，在沟边站了半天，最后还是蹒跚着从另一边平坦的道路上绕了过去。

好不容易上了车，我的心情稍稍轻松了一些，想到家，一阵温暖漫过我的心头。疼痛依然不断地从右脚传来，似乎有什么东西在不断地向下拉着它。一路上，我不时地变换坐姿，只想让疼痛稍稍轻些。

汽车在飞驰，归心似箭的我不断在心中祈祷，祈祷早一点到家躺在那张舒适的大床上。当熟悉的街道一下子在我的眼前伸展开来时，我轻轻地舒了口气。

车站离家很近，当中隔了一座天桥。平时，出来进去，我似乎从未留心过天桥的存在。可那一天，那一座普通的天桥，几乎成了我归途中的“天堑”。

天桥很高，台阶很宽。上时倒也罢了，右手抓住栏杆，左脚再一用力，人便上了一级台阶。可下时却惨了，无论我怎样协调，当右脚落在台阶上时，全身的重量还是不由自主地集中在右脚上，那一刻，脚腕似乎断了一般，痛得人简直要叫出声来。每下几级，我都不得不停下休息一阵。天桥上人流如潮，健壮的小伙，从我的身旁稳步而过；窈窕的姑娘，从我的身边轻盈而去；还有那轻巧如梅花鹿般的小女孩，正在台阶上又蹦又跳，玩得不亦乐乎。唯有我，每下一级台阶，都要抽一口冷气。如此走走停停，当我最终躺在家中时，整个脚面肿得连一条血脉也看不到了。

接下来的日子我只能静卧家中，连下楼买份报纸这样的小事都难似上青天。每天清晨，看着人群从我的窗前经过，或是上班，或是上学，我的内心便感到分外的寂寞。忙碌的日子里我总渴望能有一天什么也不做只是静静在待在家里，可这样的日子真的来临时，我又开始想念外面那个充满了生机的世界。窗外不远处是一块空地，那里常有人打羽毛球。远远地，当我望着那些年轻的身影在球场上尽情地跑来跑去时，我真切地感到，能够轻松奔跑，能够自由地跳跃，该是多么幸福啊。当我困在家中的时候，我是真怀念那些健步如飞的日子啊。

寂寞中日子一天天地过去了，我的右脚渐渐开始复元。先是可以慢慢地行走，然后下楼时不再疼痛难当，直到有一天，当我飞身跳起摘下树上的一朵小花而毫无痛感时，我知道，一切都已恢复正常。

一切都已回到从前，我可依然常常想起海伦凯勒的一段话——我有这样的想法：如果让每一个人在他成年后某个阶段瞎上几天、聋上几天该多好。黑暗将使他更加珍惜光明，寂静使他真正领略喧哗的欢乐。而我的伤痛，使我真切地体会自己拥有的一切是怎样的宝贵，平凡的日子里，一切都值得我好好珍惜。

对自己微笑

十多年前初到香港时，吴小莉正处于人生的低谷。那时候，她刚结束长达七年的初恋，内心充满了伤痛。而在香港，她又人地两生，加之不懂粤语，连日常沟通都成问题，至于香港快节奏的工作与生活，更让她一时无法适应。独自在香港打拼的吴小莉，常常感到难言的孤独与忧伤。

那些日子里，她特别害怕下班。用钥匙打开房门后，屋子里空荡荡的，只有临时买来的床垫铺在地上——一切显得分外地凄凉与寂寞。为此，从不失眠的她，开始整夜地睡不着。黑暗的夜晚里，吴小莉一遍遍地安慰着自己："静下来，静下来，都会过去的，明天的太阳照样升起。"早上起来，吴小莉总要对着镜子里的自己微笑："打起精神来，今天又是新的一天。"然后，带着饱满的精神与明朗的笑容，她出发了。

日子一天天地过去了，即使在心情最沮丧最灰暗的时刻，吴小莉也不忘对自己微笑。

渐渐地，吴小莉走出人生的低谷，走上了事业的坦途，最终成为名闻华人世界的记者、主持人。

对自己微笑，这是多么动人的做法，对自己微笑，其实就是为自己喝彩，为自己加油啊。正是由于始终对自己微笑，吴小莉才能一直保持乐观积极的心态，才能从源源不断地从内心汲取能量，而这种能量支撑着她，让她最终走出人生的困境。

漫漫人生路，尽管有时会有人与我们同行，但更多的时候，我们必须独自一人走在路上。这条路上，会有黑暗的隧道，会有冰封的原野，会有陡峭的山坡……是的，这是一条充满艰辛与坎坷的道路。而独自走在路上，就意味着伤痛时没有抚慰，失望时没有鼓励，寂寞时没有陪伴……来自外界的援助与呵护，永远都没有。不可避免地，我们也会陷入人生的困境。

那时候，我们能够依靠的，唯有自身。当我们孤立无援、手足无措、四顾茫然时，我们能做的，就是对自己微笑。这微笑将会带来不尽的希望与勇气，支撑我们向前走去：穿越黑暗的隧道时，微笑可以为我们照明；跋涉冰封的原野时，微笑可以为我们取暖；攀登陡峭的山坡时，微笑可以为我们加油……是的，送给我们自己的笑容，就如阳光，能够驱散周身的严寒；如细雨，可以滋润焦躁的心田；如微风，可以拂去心底的忧伤……

对自己微笑吧！这是我们送给自己的珍贵礼物。拥有了这样的礼物，也就拥有了生生不息的希望与源源不断的的勇气。

生命中的最后一天

谁都没有料到，她的母亲会走得那么急。

那本是一个平常的晚上，下班后她和老公一起，去幼儿园接儿子回家，家里，母亲已做好饭菜等着他们。餐桌上，正当一家人说说笑笑吃着晚饭时，母亲忽然放下碗，咳了起来，声音未落，母亲一头栽倒在地，昏了过去。

呼啸而来的急救车，将母亲迅速送进医院。检查表明，母亲的脑血管破裂了。随即，深度昏迷的母亲被送进了重症监护室。尽管医生全力抢救，但一周之后，母亲还是撒手西去，不曾给她留下只言片语。

她是我的好友，从少年时代起，我们就一路同行。在她母亲刚刚去世的日子里，她时常伏在我的肩上热泪长流。“你说，我妈妈身体那么好，怎么说走就走了呢？”不止一次地，她含泪问我，可这样的问题，我哪里回答得了呢？

她的母亲，是我很熟悉的一位老人，身体一向非常健康，除了偶尔的感冒，老人几乎什么病都没有。私下里，我一直以为，这样的老人，一定能够长命百岁的。但现实却是如此地残酷，在刚刚庆贺完60岁生日后，老人却猝然辞世，将无尽的哀伤，留给了自己的亲人。

那两天，当我还沉浸在老人去世的悲伤中时，又有新的噩耗不期而至。我的同事小桉，一个美丽大方的女孩子，假日里和朋友们一起去野外露营，将帐篷安扎在一条大河旁。那天深夜，暴雨从天而降，混乱中，小桉被冲进了河里。待到第二天朋友们在下游找到她时，她早已停止呼吸。就这样，一场暴雨，让小桉的生命永远定格在26岁上。

在小桉的葬礼上，我的神情一直很恍惚。我无法相信，那个爱说爱笑的女孩子，真的从我的世界里彻底消失了。我再也听不到她清脆的声音了，我再也看不到她甜美的笑容，我再也握不到她娇柔的双手……一抔黄土，从此将我们分隔在两个世界里。

葬礼结束后，我返身回家，就在我走进小区的大门时，一阵撕心裂肺的哭声冲天而起。循着哭声望过去，我看到了一座灵棚。灵棚里，一位披头散发的女子正呼天抢地。悄悄一打听，才知道她的儿子在放学回家的路上，被一辆逆行的车子撞飞，送进医院时，孩子已没了呼吸，那个孩子，年方九岁，正上三年级……那一刻，望着那个绝望至极痛楚至极的母亲，我的泪潸然而下……

年少的时候，我总以为，死亡是件极其遥远的事情，与我无关。然而，随着年龄的增长、阅历的丰富，尤其是目睹身边熟人的相继去世，我渐渐意识到，死亡，其实就潜伏在我的身边。每一个人，无论老少，其实都如一枝脆弱的芦苇，随时都可能折断在风里。空难、海啸、地震、车祸……所有的一切，都可能使一个鲜活生命的猝然离去，如一朵花，瞬间凋谢在暴风雨中。"黄泉路上无老少"，面对死亡，年轻人从来没有豁免权。人生并不是一段按部就班的旅程，而是一场充满艰辛的探险，任何一种意外，都可能使这段旅程戛然而止。从这种意义上来说，我们活着的每一天，都可能是我们生命中的最后一天。

一念及此，我悚然而惊。于是，在每一个清晨，在我刚刚睁开眼睛的时候，我都会在心里说一句话："今天，是我生命中的最后一天。"在这最后一天里，我要用心感受阳光的温暖细雨的清凉，我要用心品味亲人的叮咛、朋友的牵挂，我要用心体会尘世的风霜、人间的冷暖，在这最后一天里，我要向被我伤害过的人道歉，我要向帮助过我的人道谢，我要向处于困境中的人伸出自己的手；在这最后一天里，我要去说自己一心想说的话，我要去做自己一心想做的事，我要去唱自己一心想唱的歌……

“今天，是我生命中的最后一天。”——刻在心里的这句话，让我能够好好活着，好好珍惜生命中的每一分钟。如此，当死神不期而至时，我的人生已了无遗憾。

如果能够站起来

在最近的《杨澜访谈录》中，杨澜采访了新任残联主席张海迪。

节目中，杨澜问张海迪，如果上帝让她站起来，她将做些什么？张海迪想了想，说：“你知道吗，坐在轮椅上是很难炒菜的，因为所有的厨具都是根据健康人的身高设计的，所以在家里，我先生不让我做油炸类的食品，因为一起油锅，油就会直接溅到我的脸上，如果有一天能够站起来，我希望为我的先生做他最爱吃的油炸食品，我还希望能够像一个普通的妈妈那样，到学校去接我的孩子放学，然后拍拍他的肩膀说，咱们回家吧。”

张海迪的回答，真是令我万分震惊。我本以为，对她这样一个终身禁锢于轮椅的人来说，一旦能够站起来，她将会尽情地奔跑、跳跃，甚至徒步去周游世界……毕竟，能够自由地行走，是一件非常幸福的事情。但令人意外的是，张海迪的回答，竟然与“站起来”本身并无多大的关系，在她心里，最渴望的事情就是为自己的先生做他爱吃的油炸食品，然后再到学校里接放学的孩子回家。可是想象，这样的愿望若是变成现实，该会带给她多么深厚的幸福啊。

其实，对世间的大多数女子来说，张海迪的愿望实在是太过普通太过平常了。就像我，每一天我都要下厨为爱人准备饭菜，也要到学校里接孩子回家，但我因此感受到什么幸福了吗？——没有。甚至，我还会因为生活的琐碎、家务的繁重而连连报怨。潜意识里，我总觉得只有在我赚到更多的金钱，拥有更大的名声，住上更宽的房子后，我才能过上幸福的生活。为此，我一直在工作上埋头苦干，根本不愿花时间打理日常的琐事。我就像个急于赶路的人那样，整天行色匆匆地往前奔，根本没有时间停下来，欣赏一下路边的花花草草。是的，我从没意识到，在我忽略掉的日常琐事里，蕴藏着怎样深厚的幸福。

如果能够站起来，就为先生做他爱吃的油炸食品，就去接放学的孩子回家——这样的回答，令我深深地感动。作为一个历经磨难看透生死的人，张海迪拥有着深刻的人生智慧。可就是这样一个智者，最向往的，竟然就是最家常的生活，因为在她心中，这样的生活，包含着真切的幸福。只是这种幸福，被我们忽略得太久了。

我想，我会一直记着张海迪的回答的，我会用这个回答不断地提醒自己——我一直生活在幸福中。

破碎的心

传说东方有一个村庄，几个世纪来一直以漂亮的瓷器闻名于世。特别让人难忘的是那里生产的瓷瓮，高如桌，宽如椅，以质地坚固和图样漂亮而受到世人的喜爱。据说生产那些瓷瓮的最后一道工序，是将烧制好的完整瓷瓮彻底打碎，然后再用金丝银线将碎片完美地拼接起来。直到那时，一件平平常常的瓷瓮才成为举世无双的工艺品。

这真是一个寓意深远的传说。对一件瓷瓮来说，只有在打碎之后，它才会变成珍贵的艺术品。那么，对一个人来说，当一颗心破碎之后，又会出现什么情况呢？

我有一位好友，是名气不小的时尚杂志写手。她的笔下，多的是风花雪月的爱情故事。那些空灵、忧伤又时尚的爱情故事，为她赢得了大量的读者，也赚取了丰厚的稿费。她的生活，充满了鲜花与阳光。

然而，在她31岁那年，灾难从天而降，她在一场大火中受了重伤。医生的全力抢救，最终使她从鬼门关逃了出来。出院之后，就在她进行艰苦的康复锻炼时，丈夫却有了外遇并且提出了离婚，为了逼她早一点在协议书上签字，他甚至搬了出去，与情人住在了一起。生活的打击，犹如重锤一般砸向她的胸膛，她的心，因此碎裂成片。当我前去看她时，她一下抱住我，放声痛哭：“怎么办？怎么办啊？”是啊，谁能告诉她，以后该怎么办呢？重伤未愈的她寸步难行，刚满周岁的女儿嗷嗷待哺，而她的父母，也日渐苍老。当时我所能做的，只是抱紧她，一遍遍地安慰她：“坚强点，什么都会好起来的……”

我不知道，她是如何熬过那些泪水浸透的漫漫长夜的；我不知道，她是如何解开纠缠不休的心结的。我所知道的，就是她咬紧牙关走过了人生最苦最难的那一段路。一年之后，康复了的她重新拿起了笔。然而，当我读到她的新作时，却大为惊讶。在她的笔下，再也不见了那些充满小资情调的爱情故事，取而代之的，是街头衣不蔽体的流浪孩子，是乡下无钱读书的失学儿童，是黄昏里相依相偎的老夫老妻……她的文笔，一洗从前的华丽与伤感，变得朴素、从容、坦荡、真诚。她的新作，充满了对弱小人物的关爱，读起来温暖动人，尤其令人动容的，是流淌在字里行间中的那一种悲天悯人的情怀，让人在不知不觉中受到感染。在她的文章中，开始出现对芸芸众生对皇天后土的一种大爱。她的作品，就像夏日田野里的麦地，显示出一种朴素而壮丽的大美。所有的人都感到惊讶，只隔了短短一年，她的文章何以在深度及广度上大有进步。而我却相信，一定是那一场生死劫难，让她的心胸豁然洞开，从而拥有了新的天地。

可以想象，当她的一颗心碎裂成片后，她没有自暴自弃，而是用坚韧、用顽强、用勇气、用希望、用尘世间美好的一切，将所有的碎片重新拼接起来，使之成为全新的一颗心。那颗心，更加坚韧、更加豁达、更加慈悲、更加善良……拥有了那样一颗心，她也就拥有了更加广阔更加高远的人生境界。

如此看来，当生活的重创将一颗心砸成碎片时，不要悲观更不要绝望，心碎不是末日，而是人生的新起点。一颗破碎后重新愈合的心灵，正是人世间最珍贵的宝贝。

送份礼物给自己

那一天是她的生日，从睁开眼睛的那一刻起，她就特别留意自己的手机。她多么希望，能有一个人记得那个特殊的日子，给她打一个电话或是发一条短信，祝她生日快乐。但一天下来，虽说她接了不少电话，却全都是例行的公务，至于短信，也都是她订阅的资讯。渐渐地，失望如同初春湖面上的雾气，在她的心头弥漫开来，越来越浓……

黄昏时分，步出公司的大楼后，她没有像往常一样直接回家，还是沿着马路慢慢地走着。看来，在这个世界上，除了她自己，再没有人记得她的生日了。

而在以前，却不是这样的。

她是个孤儿，很小的时候父母就因意外去世了，是奶奶一手养大了她。从她记事起，每年生日，奶奶都会早早地起床，为她煮一碗长寿面，洁白细长的面条上，卧着两个黄灿灿的荷包蛋……年年生日，年年都有奶奶煮好的面条。

22岁，就在她即将大学毕业的那一年，年迈的奶奶离她而去。从此，她的生日里再也没了奶奶的祝福。但不要紧，她的身旁有了一个亲爱的他。年年生日，她都会收到他精心挑选的礼物：一枚胸针、一只手镯、一条丝巾、一束鲜花……她一直相信，他的礼物，会陪她一生。

但生活的河流，却出人意料地拐了一个弯，在经历了三年的相恋、四年的婚姻后，他却另结新欢，只留一个冷漠无情的背影给她。

没有他，她的生活还要继续。像平常一样，她按时上班、下班，努力做好自己的工作，回家之后，她买菜做饭，用心安排自己的生活……只是，当她的生日如期而至时，浓重的失落几乎让她落下泪来……

黄昏，她在街上漫无目的地走着。无意之中，她走进了街头的一间小店里，随即，她的眼睛就亮了起来。那是一间工艺品小店，店里开满了各式各样的“鲜花”：红的、黄的、紫的、橙的；绢的、棉的、丝的、布的；大的、小的、高的、矮的……那些花形态不同、色彩各异，但所有的花朵、花瓣全都如向日葵一般尽力地舒展着，在花心里开出了一张张“笑脸”——像孩子般活泼的恣意的笑脸。望着那些笑脸，她感到内心有无数的花朵，在次第绽放……她在店里慢慢地浏览着、欣赏着、挑选着——既然没有人送她生日礼物，那她就给自己送一份好了。

临走时，她带走了五朵“鲜花”，也带走了五张“笑脸”。一到家，她就着手安置那些“笑脸”。客厅里要挂一张，这样一回家就能看到笑脸；卧室里要挂一张，这样一醒来就能看到笑脸；餐厅里要挂一张，这样吃饭时总有笑脸陪着她……当她将一切布置妥当后，她只觉得自己的心里暖洋洋的，似乎正有许多人笑眯眯地注视着她……

从那以后，她习惯了送份礼物给自己，尤其在心情低落的时候，她更要为自己精心挑选礼物。是啊，在人生的道路上，她是独自行走的那一个。但，孤身一人又何妨？在无人关爱的日子里，就让自己关爱自己；在无人祝福的日子里，就让自己祝福自己；在无人喝彩的日子里，就让自己为自己鼓掌；在没有笑声的日子里，就让自己纵情欢笑……一份份礼物，陪伴她走过了一个个日子。

送份礼物给自己，其实就是送一个快乐心情给自己，就是送一份幸福生活给自己。

迎向阳光

阳台上有一只空花盆，一直搁在墙角。前不久心血来潮，找来一把菜籽撒了进去。

仅仅过了两天，早晨起来时便见到嫩芽破土而出，细细的茎上顶着两瓣小小的叶子。接下来，不断有幼苗钻了出来，原本空空的花盆里很快站满了小豆芽一般的菜苗，看上去满眼都是可爱的浅绿色。那些“小豆芽”牢牢地吸引着我，几乎每隔两小时我便去阳台上转一转。

谁知下午再见到菜苗时我却大吃一惊，那一盆挺立向上的菜苗竟然全都转头向东，似乎刚有一阵狂风从西边吹过。这怎么可能呢？由于楼群很密，平时连台风都吹不进我家的阳台啊。望着那一排齐刷刷弯向东方的幼芽，我一时愣在那儿。为了寻找答案，我便将花盆转了180°。两小时后当我再次来到阳台上时，那些菜苗如同得到命令的士兵，竟然又一次齐刷刷地转头向东，我真有些傻了。

回到室内，我依然有些呆呆的。那时已是黄昏，夕阳正透过西边的窗子，静静地照在地板上，也照在我的心里——我想起来了。

由于楼前三米外便有另一座高楼，我家的阳台可以说是终日不见阳光，只是在早晨9点来钟的时候，阳光在东边的栏杆旁悄悄地探一下头便又溜走了。然而，即使在没有阳光的阳台上，那些菜苗，那些普通的、纤弱的、娇嫩的菜苗，它们依然能够感知到阳光的气息，它们依然能够寻找到阳光的方向；于是它们齐刷刷地朝东弯下身子，好去迎接阳光。

那一个黄昏，我在阳台上站了好久好久，深深地注视盆里的菜苗，它们整齐地朝东排列着，恍若一群即将冲锋的战士。

接下来的日子里，在阳光照不进的阳台上，那一盆青菜朝着东方努力生长着。它们长得很慢很慢，差不多用了一个星期的时间，它们的叶瓣才舒展成椭圆的叶子。可我知道，它们会一直不断地长下去的，就在阳台上，就在我的心里。

只要我的心中长着那一盆青菜，我就知道，即使在阴霾密布的日子里，即使在阳光照不到的角落中，我也能感知到阳光的气息，我的心也会迎向阳光。

一只手的温暖

七岁那年，他跟着爸妈从乡下来到城里，租住在小区一户人家的杂物间里。

进城后，妈妈在一家饭店里做洗碗工，爸爸走街串巷收废品，而他，去了附近的一所小学，做了一名一年级的小学生。

城里真好啊，有宽阔的马路，有气派的大楼，还有闪亮的霓虹灯……可很快，他就感到厌倦了——城里太寂寞了。平时上学倒也罢了，身边有的是同学，可一到休息日，独自在家的他就闷得发慌。

孩子哪有不爱玩的呢？可问题在于，他能和谁一起玩呢？起初，当他看着小区里的孩子成群结队玩得热闹时，也曾试着加入他们的队伍，可每一次，他都会被周围的成年人赶出来："去，去，哪里来的野孩子，脏得要命。"一次次的呵斥与白眼，让他畏缩得像一条失群的孤雁，怯生生地不敢多走一步。他只盼望着，爸妈能够早一点带他回到乡下……

一个周六的早晨，爸妈出门后，他一个人无所事事地坐在家门口，看不远处的小男孩和他的妈妈打羽毛球。忽然，羽毛球从孩子的拍下斜飞出来，最后落在了他的脚下。

"小朋友，帮阿姨捡一下羽毛玩好吗？"那个阿姨望着他，大声说道。

他没说话，将球捡好后，送到阿姨的手里。

"谢谢小朋友，一起来玩好吗？"接过羽毛球，阿姨拉着他的手问道。

他还是没说话，只是红着脸使劲地点头。

阿姨将球拍交到他的手里，耐心地教他怎样发球怎样接球，然后，让他和小男孩一起打球。那一天，他挥舞着球拍，尽情地奔跑着、欢呼着、跳跃着……度过了进城后最为快乐的一天。

就这样，他认识了叶阿姨和他的儿子淘淘，淘淘和他同龄，也读一年级。很快，他就和淘淘成了好朋友，一有时间就跑到一起玩，尤其是休息日，他更是整天和淘淘泡在一起。渐渐地，叶阿姨家成了他最喜欢的地方，有事没事，他总爱往叶阿姨家里跑。在叶阿姨的家里，他和淘淘一起看动画片，一起看童话书，一起玩各种各样的玩具，每一分钟都过得特别快乐。到了吃饭的时候，叶阿姨和淘淘总是盛情邀请他一起来吃。叶阿姨家的饭真香啊，从红烧排骨到砂锅豆腐再到糖醋鱼，每一道菜都吃得他回味无穷……

不过，对他来说，最幸福的事情并不是在叶阿姨家里吃饭，而是和叶阿姨一起出去玩。几乎每个星期天，叶阿姨都会带上他和淘淘一起出去玩：去动物园，去游乐场，去电影院……出门在外，每逢过马路的时候，叶阿姨总是两手紧紧地拉着他和淘淘。一过了马路，淘淘就立刻松开手来，自己跑远了。可他，才舍不得松手呢，叶阿姨的手，暖暖的，柔柔的，握在他的手里，舒服极了。和叶阿姨手拉手走在一起时，他的心里总是充满了被人疼爱的骄傲与快乐。那时候，叶阿姨总是一边走着，一边温柔地同他闲聊：聊他喜欢的功课，聊他爱看的电影，聊他将来的理想……他真的希望，能够永远拉着叶阿姨的手，一直走下去，走下去……

可惜的是，这种幸福的时光，并不长久。两年之后，他的爸妈决定，带着他重回乡下，自己创业。而他，不得不含泪告别亲爱的淘淘与叶阿姨……

后来，他慢慢长大了。成长的岁月里，他挨过白眼，受过冷遇，听过冷嘲热讽……每每那时，他总会想起叶阿姨，想起叶阿姨的那只手，那么温暖，那么柔软；他的心，渐渐变得安宁起来，变得宽容起来。而在他的心灵深处，叶阿姨的那只手似乎一直拉着他，拉着他向前走去，直到他长成一个正直、善良、真诚、勇敢的年轻人。

回望自己的童年时光，他的心里，充满了对叶阿姨的感激，感激她给了他一只手的温暖。而在未来的日子里，他所要做的，就是将这份温暖传递下去。

去看大堡礁

那是一节普通的地理课。讲台上，老师滔滔不绝地讲着，讲台下，她心不在焉地听着。忽然，她挺直腰身睁大眼睛注视着黑板，在那里，老师刚刚挂上一幅大大的彩图。图上，是一片蔚蓝的大海，海里，有五彩的珊瑚与游鱼；岸边，是金色的沙滩……那一刻，她屏住呼吸目不转睛地注视着彩图，似乎想把整张图刻进大脑里——它实在太美太美了，美得让人不敢相信那是一个真实的所在，但老师的声音却清晰地响在她的耳边："同学们，这是大堡礁，澳大利亚最美的地方，是全世界游人最向往的一个地方，它有'人间仙境'的美称……"她默默地听着，心里翻来覆去念着一个名字——大堡礁！大堡礁！大堡礁！在她十四岁的心灵里，认定那是她必须去看的一个地方。

那节地理课，从此成为她人生的一个转折点。在此之前，她只是个功课糟糕的初二学生，一心只想混到初中毕业，然后和邻家的姐妹一起，外出打工。可地理课上，那张大堡礁的彩图，却如闪电照亮了她的心空，让她看到了自己未来的方向——好好读书，将来考上大学，去看看大堡礁。

她开始发奋苦读。每天早上5点，当宿舍的同学还在呼呼大睡时，她就悄悄起身，在小桌上点起一支蜡烛，看起书来——她要补习的功课实在太多了，语文、数学、物理、英语，她哪一门都考不及格。她咬紧牙关，将初一的课本翻了出来，从头学起。每一天，她读课文，看例题，做练习。对于英语，她更是痛下苦功，将一篇篇课文背得滚瓜烂熟……

中考之后，她以全校第一的成绩考上县里的重点高中。在高中，她的勤奋与刻苦一如从前。

三年之后，她去了上海，在一所名牌大学的西语系里读英语专业。大学四年，她年年都拿头等奖学金。

四年之后，她和男友牵手去了深圳——她无时无刻不记着自己的大堡礁，但要去大堡礁，首先就要有充足的资金，而深圳，正是淘金的好地方。在深圳那座繁华而陌生的都市里，他们到处奔波，从沙头角到南山，他们不停寻找着属于自己的机会。终于，在到达深圳一个多月后，她成了一家外企的业务员，而他则成了一家港资企业的程序员。

接下来的时光里，他们不断打拼着，跳槽、进修、升职……五年之后，他们拥有了自己的房子并且结了婚。她开始计划着，和亲爱的人一起，去看大堡礁。

然而，人生的灾难，却猝然降临了。结婚刚两年，在一次例行的体检中，她被查出了乳腺癌。除了切除乳房，再没有更好的办法了。

她很快住进了医院。不久，就上了手术台。然而，当她从麻醉中清醒过来时，却惊讶地发现，那个亲爱的人，竟然不在身边。她问好友，好友支支吾吾的，说他出差去了。她的心头，掠过一阵不祥的预感。果然，接下来的日子里，他始终不曾来过医院，甚至连一个电话也没有。打他手机，他总说自己太忙，等有空时再去看她……

一个月后，是好友前来接她出院的。在将她送进家门后，好友很快就告辞而去。好友走后，她去了卧室。当她刚要在床上躺下时，却发现梳妆台上压着一张纸条，上面，是他洒脱飞扬的笔迹："我们分手吧。"如同晴天霹雳，她当即瘫在床上。虽说她早有预感，可当残酷的现实真的出现在她的眼前时，她依然感到心如刀绞。在此之前，她总是幻想，幻想着一从医院回到家里，就能看到他亲爱的笑脸。自从19岁时与他牵手同行后，她的眼里，就只有一个他。可她怎能想到呢，在自己最需要他的时候，他却转身而去。没有他的日子里，她活着又有什么意思呢……

在静静的夜里，她关闭了所有的窗户，走进厨房，将连接煤气灶与管道的软管一刀剪断。然后，她躺在了厨房的地板上……

不知何时，她昏昏沉沉地睡着。梦里，她又回到初二时的那节地理课上，又听到了老师的声音："同学们，大堡礁是澳大利亚最美的地方，那里是人间仙境……"那一刻，她突然醒了过来，她痛切地感到，自己应当活下去，活着看大堡礁。尽管头疼欲裂，她还是用力挣扎着爬出了厨房，打开了家门，喊一声"救命——"

从此，大堡礁成了照耀她心空的一颗太阳。她知道，即使没有他，自己也要好好活下去，好去实现少年时代的梦想。每周一次的化疗让许多人痛苦不堪，可她，只是坦然面对……两年之后，当她去医院体检时，医生含笑握着她的手，祝贺她彻底康复。

身体一康复，她就决定起程去看大堡礁。在办好护照与签证后，她先去了香港，从那里乘飞机直达悉尼，然后又从悉尼乘飞机去凯恩斯——那是大堡礁的所在地。

当大堡礁真的出现在她的面前时，她在心里惊叹不已。是啊，真实的大堡礁，比仙境还要美。很快，她换好救生衣，戴上面具、脚蹼以及通气管，开始下海浮潜。在海中，她慢慢地游着，五颜六色的海鱼，从她的身边不断游过；伸出手去，她甚至能够摸到光滑的鱼背。而最让她着迷的，还是那些绚丽多彩的珊瑚：有的鲜黄，有的浅红，有的深绿……它们生长在大海里，让海水也随之变得五彩缤纷……她虽说是第一次来大堡礁，心里却如同回家一般熟悉而亲切。她在海中慢慢游着，任自己的一颗心，融化在大海里……

终于到了告别的时候。当她乘着飞机从凯恩斯上空经过，她默默凝神着那一颗宝石般的珊瑚岛。她知道，在未来的岁月里，自己还会再来的，来看大堡礁的。

JINGPINZHENCANG

第十辑

JINGPINZHENCANG

真正的幸福与别人无关

关于幸福，普遍的论点是『幸福因比较而产生』——你若胜于别人，你就是幸福的。事实上，这样的幸福，肤浅而无聊，因为在这个世界上，一个人的幸福，根本就与别人无关；正如世间万物，全都活在自己的幸福里——小草幸福在自己的茂盛中，大树幸福在自己的挺拔里。而人生何尝不是如此呢？一个人若能珍惜自己的所有，就会得到幸福。

借点快乐给自己

那是我年轻生命里最灰暗的一段时光——他的离去，似乎把我所有的幸福与活力全都带走了。窝在小小的出租屋里，我不想吃饭，不想睡觉，不想说话，不想看书……整日里，我只是抱着枕头蜷在床上，默默地想他——想他走路的样子，想他大笑的样子，想他抽烟的样子，想他生气的样子……我的泪水，总在不知不觉中悄然滑落。

忧伤的日子过了一天又一天，直到好友找上门来。面对憔悴不堪的我，好友什么也没说，只是帮我将房间收拾整齐，然后又做了一桌丰盛的饭菜。不忍拂了好友的好意，我强迫自己吃点饭，喝点汤。饭后，好友拉着我出了家门，直奔一个广场，广场上方的大屏幕电视里，一场足球赛正进行得如火如荼。对于足球赛，我毫无兴趣，只是呆呆地坐在好友的身旁。随着比赛的进行，好友很快投入进去，跟着周围的球迷一起欢呼、拍手，见我一直无动于衷，好友开始当起我的解说员，专门为我讲解场上的详细情况。说来奇怪，随着好友的讲解，我的心渐渐被比赛吸引住了：准确的传球，迅猛的抢断，门前的混战，意外的远射……一切，竟然充满了魅力；尽管我不懂什么是越位，什么是任意球，可我照样和周围的人群一起，高喊着，欢叫着，感叹着……我的一颗心，完全沉浸在比赛中。直到比赛结束，我仍感意犹未尽，坐在桌边，我和周围的人讨论得热火朝天……

走在回家的路上，好友问我：“怎么样，心情好多了吧？”我笑着点点头：“是啊，真是好多了，好像开了一扇窗户，心里舒服多了”。“你啊，一遇点事，就喜欢闷在家里。”拉着我的手，好友慢慢地说着，“那些伤心的事情，越想会越伤心的。你平时就应当多出来走走，借一点别人的快乐。”“说得真新鲜，快乐也能借吗？”我下意识地反问道。“当然可以啊，就像今天，你看那些看球的人多开心，和他们坐在一起，你不也变得开心了吗？”好友不紧不慢地说着。我一愣，说不出话来，仔细想想，好友的话真的很有道理啊，当我置身于欢天喜地的球迷中时，当我随着他们一起大喊大叫时，我连自己都忘掉了，更别提那些伤心的往事了。反过来，若是我独自待在小屋里，肯定又得以泪洗面了。见我沉默不语，好友再次开口了：“伤心事谁都免不了，但我们应当学会拯救自己，就像今天，借点快乐心情就好了。”我笑笑，紧紧地握了握她的手，和她并肩向前走……

也就是从那天起，我不再放任自己沉浸在忧伤的往事中，而是打点精神，努力从外界借一点快乐来：从令人捧腹大笑的小品里，从引人会心一笑的电影中，从街旁载歌载舞的人群里……果然，借来的快乐让我一点点地忘却往事，忘却忧伤。带着一颗平静的心，我重新出发，去寻找属于自己的幸福。

漫漫人生，总会遭遇伤心的事情，但我却不会再沉湎于悲伤之中，因为我已懂得，从别处去借点快乐给自己。借助别处的快乐，我自己就能很快走出悲伤。

借点快乐给自己，这，正是生活的智慧。

白衬衣，蓝裤子

12岁那年，她随父母从偏僻的乡村来到了繁华的城市，父母在城里做着又苦又累的临时工，她插班在附近的中学读初一。

第一次走进城里宽敞明亮的教室时，她恍若丑小鸭走进了一群白天鹅中，心里涌起了深深的自卑。那些与她同龄的女孩子，全都花枝招展，穿着干净漂亮的衣服，戴着新颖别致的发卡。而她呢？穿的是乡下裁缝做的肥大的衣服，扎着两条长长的辫子。就在那一天，她知道什么叫做“自惭形秽”。下了课，班上热情的女孩子围着她，用流利的普通话向她问东问西，而她一张口，就是浓重的方言，谁都听不懂。在别人的哄笑中，她听到了自己心底的哭泣声……

日子一天天地过去了，她渐渐适应了城市里的生活：上课，下课，做作业，做家务……尽管她逐渐能讲一些普通话了，但她却极少与身旁的同学聊天。女孩子们一下课就聚在一起，聊谁的牛仔裤漂亮，聊谁的新裙子好看，聊昨天新演的电视剧……所有这一切，她全都插不上嘴。她日复一日穿着的，不过是乡下带来的几件土气的衣服，而她那简陋的租来的家里，连件像样的家具都没有，哪里去看电视呢？面对高谈阔论的同学，除了沉默，她不知道自己还有什么选择。

尽管她的功课一直十分优秀，但窘迫的家境与土气的衣着却使得自卑如野草一般在她的心里疯长。她的普通话越说越好，可她自己却越来越沉默。

沉默中,五一节说来就要来了。为了参加学校里的歌咏比赛,教音乐的朱老师在她们班成立了一个小小的"合唱队",而她,被老师挑选为队中的一员,与其他的女孩子站在一起,放声歌唱。

可音乐课一结束,她就找到了朱老师,嗫嚅着告诉她自己不能参加比赛。老师上上下下地打量着她,安慰道:"你先训练吧,比赛的事情以后再说。"其实,她何尝不想参加比赛呢?可比赛时男孩女孩都要穿着白衬衣蓝裤子,她哪里有啊。她一直是个懂事的孩子,知道父母挣钱有多辛苦,又怎么舍得让父母花钱为自己去买新衣服呢。

音乐课很快又来了,一上课,朱老师就说:"为了提高同学们的歌唱水平,我们先在班级里举行比赛,胜者有奖。"比赛开始了,同学们依次上台引吭高歌,朱老师在一旁认真地打分。轮到她时,站在台上,她用甜美清亮的嗓音专注地唱了起来:"小螺号/滴滴滴吹/海鸥听了展翅飞……"一曲终了,她看到老师带头鼓起掌来……那一天,她成了班级里的"冠军",奖品竟然是一套衣服,崭新的白衬衣蓝裤子。她听到了同学们一声又一声的感叹,她看到了一双又一双羡慕的眼睛……

后来,穿着合体的白衬衣与蓝裤子,她与同学们一起参加了学校的歌咏比赛,拿回了一等奖;还是穿着白衬衣与蓝裤子,她充满自信地参加学校的演讲比赛;又是穿着白衬衣与蓝裤子,她大方地接受同桌的邀请到她的家里去玩……白衬衣与蓝裤子带着神奇的魔力,让她走出了沉默,走出了自卑走进了同龄人的世界。

终于有一天,那套衣服小得不能再穿了,她将它们洗得干干净净的,珍藏在身边。白衬衣蓝裤子一路陪伴着她,走过高中,走过大学,走进社会……尽管她后来遭遇过同事的谎言朋友的欺骗甚至爱人的背叛,但珍藏身边的白衬衣与蓝裤子总能让她鼓起勇气去走新的道路。

如今的她在一家外企里担任经理，她的衣橱里挂着数不清的名牌服装。然而，她最喜欢的，却还是简单的白衬衣与蓝裤子。每一次穿起白衬衣与蓝裤子，她就会想起当年温柔美丽的朱老师，想起她用怎样婉转的方式呵护了一个女孩的自尊，成全了一个女孩的梦想。她知道，在自己的珍藏的白衬衣与蓝裤子上，永远蕴涵着人性的温暖与善良。

真正的幸福与别人无关

“我闷闷不乐，因为我少了一双鞋，直到我在街上，见到有人少了两只脚。”——年少时我很喜欢这段话，就将它记在心里。

像咀嚼一枚橄榄一样，我常在心里咀嚼这段话。

随着阅历的增长、思考的深入，我渐渐发觉，正如一枚硬币有着不可分割的两面，这段话其实也有它的背面，我试着将它写下来：“我闷闷不乐，因为我少了一双鞋，直到我在街上，见到有人穿着华丽的靴子，从此我坠入痛苦的深渊。”从逻辑上来说，这段话也是成立的。事实上，类似的事情，在现实生活中比比皆是：一位心平气和的上班族，在自己的同事突然变成上司后，开始愤愤不平；一位快乐度日的家庭主妇，在自己的小姐妹突然搬入豪宅后，开始耿耿于怀；一位专心写作的业余作者，在自己的文友突然荣获大奖后，开始心浮气躁……看看我们的周围，有多少人的幸福与他人的际遇息息相关？而问题恰恰在于，人与人之间为什么总要比较呢？又有什么值得比较的呢？

看看自然万物，又有谁去比较了？它们，全都活在自己的幸福里。牡丹幸福着自己的妖娆，茉莉幸福着自己的淡雅，大树幸福着自己的挺拔，小草幸福着自己的茂盛……世间万物，全都自得其乐地活着。唯有我们人类，总爱没完没了地同别人比较，可比来比去，又能比出什么呢？如果一个人唯有面对别人的不幸才能感受到自己的幸福，这样的幸福实在是过于卑鄙了。

几年前，我曾大病一场，躺在床上寸步难行，哪怕作个深呼吸，胸口都疼得有如钢针在扎，至于翻一下身，四肢更疼得有如断裂一般……在经历长久的挣扎之后，我终于重获健康。也就是从那时起，我终于明白，一个人若能健康地活着，平安地活着，本身就是巨大的幸福。而我，要好好珍惜自己的幸福。

前不久，我的好友乔迁新居，我前去祝贺。好友是个成功的商人，花了400万买下一栋别墅。那是一栋三层的小楼，坐落在姹紫嫣红的花园里。当好友领着我楼上楼下参观时，我从心里祝福他。那栋别墅，其实正是好友搏击商海十多年的成果。告别好友回到自己两室一厅的小家时，我心中的幸福并未减少丝毫，因为我的家里，住着相亲相爱的一家人。而在前两天，我的另一位好友花了40万买了一辆车，她兴奋地载着我，外出兜风。好友是家外企的财务总监，常年累月地拼命工作，那辆车，正是生活对她辛苦劳作的奖赏。坐在她的车里，我衷心地祝福她。与好友分别回来后，我骑着自行车前去上班。当我不紧不慢地行驶在马路上时，我深切地感受到自己的幸福，因为，我有一份深爱的职业……

是啊，我是幸福的，我没钱买豪宅，没钱买名车，但我的幸福，并未因此而打折。无论我身处繁华都市还是偏僻山野，我的幸福，始终如一。

而在这个世界上，真正的幸福，根本就与别人无关。

今天什么事最开心

今天什么事最开心？——每晚临睡前，我都会在心里这样问自己。

是啊，一天之中发生了那么多的事情，最开心的是哪一件呢？是见到了久别的好友，还是收到了儿子用零花钱买来的礼物？抑或是跑遍大街小巷为母亲买了双满意的鞋子……默默地，我用心回想着白天的一切，最终挑选出一个最佳答案来。然后，在快乐的心情中，恬然入梦。

这样一个问题，我已问了自己多年。

多年前，我曾遭遇情感重创，并为此大病一场。后来身体康复了，可内心对他的憎恨却越来越强烈。几乎每一天，我都会在心里痛骂他，骂他的冷酷，骂他的残忍，骂他的自私，骂他的无耻……尤其到了夜里，一颗心更是深陷于憎恨中难以自拔。那些憎恨，犹如无穷无尽的藤蔓，将我的心灵缠得死死的。理智上，我很清楚，对他的憎恨根本不能伤他分毫，相反地，每一次的憎恨都如同一把刀，从我自己的心上划过——心灵如果可以临水自照，一定会惊讶于自己的鲜血淋漓。而我，若是一任自己沉溺于对他的憎恨之中，那我的一生，必将与幸福失之交臂。

我决定拯救自己。白天，我尽量增大自己的活动量。晚上，我尽量推迟自己的就寝时间。我本以为，这样一来，一上床我就会酣然入梦。可事实却是，一躺到床上，我就不由自主地想起了他，想起他带给我的种种伤害……没办法，我只好披衣坐起，去翻翻杂志，听听音乐，试图将注意力转移开来。可要命的是，当我再次躺下时，我又本能地恨起了他。直到那时，我才知道，人心才是这个世界上最激烈的战场，而我，必须将自己的心灵从憎恨中抢救出来……

偶然的一天，当我再次恨他时，我试着对自己说：想点别的吧，想想自己遇到的开心事。于是，我开始用心回想：初春的原野上，当我们的“蝴蝶”风筝高高飞起时，儿子高兴得在草地上翻起了跟头；多年未见的朋友去上海出差时，专门绕道前来看我，我们聊得异常尽兴；家里，母亲花了三四个小时，为我炖了一锅牛腩萝卜……我惊讶地发现，在他离我而去后，我的生活中竟然还有那么多的幸福，只是当我一味地憎恨他时，所有的幸福都被我忽略了。渐渐地，我的心跳平稳下来，我的呼吸轻松下来。慢慢地，我睡着了。第二天起床时，我已是神清气爽——那是自他离去后，我睡得最香甜的一觉。

也就是从那天起，每晚临睡前，我都会回想一下自己一天的生活，然后将最开心的事情挑选出来：也许是读到渴盼已久的一本书，也许是结识倾慕多时的文友，也许是看到雪中绽放的一枝梅花，也许是听到细雨中的清脆鸟鸣……无论哪一个答案，都让我感到，活着，是一件多么美好的事情。事实上，即使在生命最黯淡的时候，一个人依然能够找到心灵的慰藉，从寒夜里的一团炉火、从黎明时的一缕曙光、从荒野上的一朵鲜花……当我将目光投向生活中的美好一面时，我的心渐渐地从憎恨中解脱出来。

一天又一天，我总是问着自己同样的问题，而每一天，我都能得到满意的答案。那一个个答案，让我不知不觉中拥有了乐观、豁达而又平和的心境。拥有了这样的心境，每个晚上，我都能安然入梦。

住在母亲的心里

表姐是“老三届”，“文革”时在乡下做过五年的赤脚医生。恢复高考后，表姐考上了一所医学院，毕业后做了一名医生。

前不久准备退休时，表姐得知，国家承认赤脚医生的资历，赤脚医生的工作时间皆可算作工龄。如此一来，表姐的工龄就可以增加五年，她也就可以多拿几百块的退休工资。于是，在申报退休的材料上，表姐就将自己担任赤脚医生的那一段经历写了上去。可没过多久，负责审核的工作人员就来找她，请她提交相关的档案、工资单之类的东西，证明她在“文革”中当过五年的赤脚医生。这让表姐作了难，当年在乡下，哪有档案可言？至于工资单，更是见都没有见过。所谓的工资，不过是每个月到大队去领几块钱的补助而已。可没有证据，谁来证明她当过赤脚医生呢？看来，那五年的工龄只能泡汤了。

偶然的一天，表姐回娘家看望母亲。当她闲聊时提起赤脚医生的工龄问题时，母亲当即问她：奖状有没有用？表姐苦笑着答了一句：当然有用啊，可谁还有那时候的奖状啊？母亲不说话，颤颤巍巍地站起身，到卧室里打开箱子，从箱底取出一迭奖状。那些平平整整的奖状早已泛黄，但上面的毛笔字清晰如昨：奖给优秀的赤脚医生……奖状一共五张，从1972年到1976年每年一张。捧着30多年前的奖状，表姐哽咽难语。30多年里，母亲从城里搬到乡下，又从乡下搬到城里，但无论搬到哪里，母亲始终珍藏着女儿当年的奖状……

不由得想起我的一位好友小薇。小薇大学毕业后，去了美国留学，然后在那里结婚成家定居下来。小薇怀孕后，她的母亲从国内前去照顾她；在她的女儿出生后，母亲又帮她精心照顾女儿。这一照顾，就是六年。前不久，小薇的母亲去世了。临终前，母亲交给小薇一个手绢包着的小包，打开，里面竟然是小薇的七颗乳牙，每一颗都包在纸里，纸上写着乳牙脱落的日期，最早的一张，上面写着“一九七八年九月十三日”。小薇怎么也没有想到，母亲将自己的乳牙精心收藏了一辈子，并且飘洋过海带到美国。捧着那一包乳牙，小薇的泪再也未能忍住，落了下来……

如此看来，对每一位母亲来说，无论自己的儿女在别人的眼中多么平凡多么卑微，他(她)永远都是母亲心头的宝贝；母亲永远珍爱着他(她)、牵挂着他(她)、呵护着他(她)……在这个世界上，不同的人住在不同的地方。有人住在繁华的都市，有人住在偏僻的山野；有人住在安静的小区，有人住在热闹的小巷；有人住在豪华的别墅，有人住在简陋的茅屋……但普天之下为人儿女者，其实都住在一个共同的地方，那就是母亲的心里。

从施舍到赠送

平时上街，遇到年迈的、残疾的乞丐时，我总会停下脚步掏点零钱给他们。坦率地说，当我将手里的硬币放入他们面前的茶缸时，我是有点优越感的，毕竟，我是他们的施主。但前不久遇到的两位乞丐，却让我意识到自己的优越感是多么的浅薄，多么的可笑。

那是一个初秋的清晨，我在广场上遇到了一位乞讨的老太太，因为当时没带零钱，我就从钱包里抽出一张十元的纸币递给她。老人接过钱，连声道谢，然后小心地将钱装入贴身的内衣口袋里。可能是走得累了，老人就在我的身边坐了下来，和我聊了几句。老人已经78岁了，当时正感冒，还在发烧。她的处境，让我对她的同情又添了几分。临走时，我又拿出十元钱给她。可令我惊讶的是，老人无论如何也不收，尽管我一再劝说，老人却始终拒绝，翻来覆去地老人说着一句话：“闺女，你挣钱也不容易，我不能再要了。”最后，我不得不将钱硬塞进老人的外套口袋里，逃一般地离开了老人。一路上，我感慨万千，即使身为乞丐，老人也是有尊严有分寸的啊。对于这样的老人，我有什么资格来“施舍”呢？

另外一次遇到的乞丐是位残疾人。那天我刚从饭店出来，就看到双腿畸形的他趴在路边的台阶上吃着 碗米线，想到自己从饭店打包带出的一笼包子，我就停下来将包子送给了他。我的举动让不远处的一位清洁工看在眼里，她随后叫住了我，和我聊起了那位残疾人。他是乡下人，在城里以乞讨为生。白天，他以三轮车代步，到城市的繁华地段乞讨；晚上，回到自己租住的地下室，睡上一觉。至于讨到的金钱，他除了买点吃的东西，从不乱花，每隔一段时间，就存到银行里……

“你还记得上次的汶川大地震吗？”清洁工突然问我。

我点了点头。

“那你知道他捐了多少钱？”

“他还捐钱？”

“对，他捐钱了，捐了1500。”

“1500？”

“就是1500，我亲眼看见的，当时的募捐现场就在那儿。”清洁工说着，用手指了指不远处的广场。我知道，一般的大型活动，都会在那里举行的……

告别清洁工后，我慢慢地走在路上，心里始终想着那位残疾人。作为一名乞丐，他一个月又能讨到多少钱呢？恐怕还不到1000元吧。他，在地震到来时，竟然捐了这样一大笔钱。而对于身体健全的人来说，又有多少人一次性捐出这么多呢？最起码，我自己就舍不得。面对这样的残疾乞丐，除了同情，我更多的是敬重。

而在这个社会上，像他一样的乞丐还有不少吧？他们，是社会的弱者，人生的不幸逼迫他们以乞讨为生。但他们，同样有尊严，有良知，有人格。他们，是我的同胞，是需要我帮助的一群人。我所能做的，就是将带着我的体温的零钱送给他们。

如今，每当我遇到年迈的、残疾的乞讨者时，我依然会停下脚步，掏点零钱给他们。但对我来说，那递过去的几枚硬币，不再意味着施舍，而是意味着赠送。

我还有我自己

她是我的网上好友，我们相识于一家论坛里。作为一位出色的写手，她的文章朴素清新，洒脱从容，韵味深长。每每读了，总令我击节赞赏，尤其令我欣赏的，是洋溢在她文章中的阳光气息，似乎在她的笔下，人生就没有过不了的难关。静静的夜里，当我与她的文章默然相对时，总感到有阳光穿越文字，慢慢照进我的心里，让我感到温暖与幸福。

是的，是幸福。她的文章中，总是流淌着浓重的幸福感：雨后晴空下的一片浮云，初春庭院里的一朵鲜花，寒夜里友人的一个电话，旅途中陌生人的一个微笑……在她的笔下，世间微不足道的一切，都令她欣喜与沉醉，让她深感生活的美好。

私下里，我不止一次地想象过她的现实生活。我想，她一定是个生活在蜜罐里的女子，有父母的疼爱，有丈夫的体贴，有手足的扶持……这种想法一直根植在我的心里，直到我与她有过一次彻夜长谈……

多年前，她初为人母，却不幸遭遇车祸。医生的全力抢救，使她从鬼门关逃了回来，但她也因车祸留下了严重的后遗症，双腿难以行走。出院时，医生郑重叮嘱她，一定要坚持锻炼，否则，她的一生只能在轮椅上度过。

出院之后，就在她进行艰苦的康复锻炼时，丈夫竟然有了外遇，并且提出了离婚。她怎么也没有想到，那个承诺陪她一辈子的男人，竟然在她最苦最难的时候离她而去，她的心，因此裂成了碎片。想想寸步难行的自己，想想背叛感情的丈夫，想想嗷嗷待哺的女儿，她感到自己的人生之路，走入了绝境。那一刻，她真想从自家的高楼上纵身跃下，一了百了。可问题在于，一旦她死了，女儿永远没了母亲，父母永远没了女儿，他们又该如何面对那些痛苦漫长的岁月呢？痛定思痛，为了那些爱她的亲人们，她选择了活下去。

白天，她拄着双拐慢慢行走，每走一步，她的双脚都如同踩在刀刃上，疼得她冷汗直流。可她，默默地忍了下来。晚上，当父母带着孩子睡熟后，她便坐到电脑前，用心写作。生活的苦难，如同为她打开了一扇窗，让她看到了以前从未看到的景象，她的文章因此在内涵与境界上有了很大的提升。

日子一天天地过着，她如同一个执著的纤夫，拉着自己的生命之舟艰难向前。实在觉得受不了时，她就躲进卫生间痛哭一场，然后重又满面笑容地出现在父母与女儿面前。在她的不懈锻炼下，她的双腿日渐好转，从双拐到单拐再到扶着墙壁走，她一点点进步着。终于有一天，她拉着女儿的小手，纵情地跑了起来。就这样，在越过命运的山重水复之后，她迎来了柳暗花明……

在深夜柔和的灯光下，我坐在她的对面，默默倾听她的故事。我实在没想到，她的人生，竟然充满苦难。我更没想到的，她的前夫，在与她离婚之后，竟然对女儿不闻不问，不曾支付过分文的生活费。我很不解，对这样的男人，为什么不通过法律途径解决问题？面对我的疑问，她只是淡淡一笑："我一直相信，法理之上有天理，他欠我的，苍天肯定会通过别的方式补偿给我。再说了，我还有我自己，我有足够的能力养好女儿。"她轻轻地说着，语气分外平静。那一刻，我专注地望着她，她的面容柔和秀美，但她的眼神里，却透露着我从未见过的坚毅与豁达。是的，我相信她说的话，他所欠她的，苍天已补偿给了她——生活让她成了一位极其优秀的女子，而经历过苦难之后，她更能感受到生活的美好……

与她分别之后，我时常想起她，想起她最爱说的那句话“我还有我自己”。我想，正是这句话，支撑着她走过那些无比艰辛的时光。我相信，这句话，是挂在悬崖上的一条绳索，拉着它，就能从谷底攀到顶峰；这句话，是悬在小船上的一张帆，靠着它，就能从此岸渡到彼岸；这句话，是燃在寒夜里的一团火，依着它，就能从冬天走到春天……

我会永远记住这句话。

释放痛苦

家里养了一盆万年青，小小的一棵，只有几片叶子。

知道万年青喜阴，便将它放在室内背光的地方，时常给它浇点水。

有一次晚上淘米后留下一小盆淘米水，我便拿来浇万年青，虽说水有点多，可想想淘米水营养丰富，我便把所有的水全倒进了盆中。

第二天早晨扫地时不小心蹭了一下万年青，胳膊上顿感一片清凉，似乎有水滴流过；低头一看，我真是惊讶万分，万年青宽大的叶子上竟然分布着一摊摊的水迹，叶边上持着一滴晶莹的水珠，好像雨淋过一般。

站在万年青的旁边，我微微的有些发愣。

读过那么多年的书，我只知道植物用根从土壤里吸收水分，然而再输送给枝、输送给叶；养了那么多年的花，我也只知道浇水过多时，花根很快就会烂掉。可眼前的万年青，竟然能将多余的水分通过枝叶排了出来。好睿智的一株植物啊！对着万年青，我真是感慨万千。

那时候，我正处于人生的低谷。

因为无意中得罪了单位的一位领导，我被贬下了车间。每一天，在那隆隆的机床声中，在那呛人的铁屑粉中，我机械地开动车床，装卸工件，常常整天也不说一句话。下班回到家中，双腿更是又酸又痛，几乎不能伸直。那些日子里，我恨命运不公，我骂领导无耻，我怨同事无情。无论白天还是黑夜，我常感到有一团火在我的心底熊熊燃烧。对我来说，生活已失去原来鲜艳的色彩，只剩下蒙蒙的灰色，书籍看不下去，文章写不下去，甚至连精彩的电视节目我都无心欣赏。无眠的深夜里，我的叹息一声接着一声，不知道自己何时才能重新找到快乐找到幸福……

感谢命运的安排，让我在绝望中看到了万年青上的水滴。我没有想到，世间竟还有这样神奇的植物，它是如此珍爱自己的生命，它又是如此善待自己的生命。

我们常说草木无情，我们亦曾自诩为万物之灵，然而，当痛苦骤然袭来时，当打击不期而至时，又有多少人能够泰然处之呢？就像万年青能够将水分排出叶外，我们也能将痛苦轻易化解吗？事实上，我们往往是在痛苦中挣扎，在痛苦中沉沦，甚至在痛苦中无以自拔，却未曾想到该如何来化解痛苦；更有甚者，反而借此伤害自己。不是吗？这些年来，我们这个世界的自杀率一直居高不下啊。实际上，就像胆汁滴入水中苦味自会变淡，若我们也能将心灵放置于一个更广大的世界里，那心中的苦涩不也同样会稀释吗？可惜的是，当痛苦紧紧缠绕我们的心灵时，我们常常忘了窗外还有更广阔的天空，身边还有更精彩的生活，任凭自己在绝望的泥潭中苦苦挣扎。

生命是如此的宝贵，每个人都只有一次，而人生之路又是如此的坎坷，会有变幻的风，会有莫测的雨。也许，对于每一个追寻幸福的人来说，当生活的灾难不期而至时，我们所能做的，就是像万年青那样，将心底的痛苦不断地释放出来。

珍藏一种感动

黄昏时分,我在林荫道上漫步。远远地,从我的对面走来两位老人。也许是因为年事已高身体发福,他们走得很慢。就在我们即将擦肩而过的那一刻,只见老先生缓缓弯下身子,捡起了一块木板。

“你捡这个干什么?”走在他身旁的老太太很是不解。

“你看看这里!”老先生指了指木板的上端,加重了语气。

顺着老先生的手指看过去,我看到了三枚锐利的铁钉从木板里钻了出来,在夕阳下闪着寒光。若是谁一不小心踏上去,后果真是不堪设想。

拿着木板,老先生和老太太慢慢地走远了。落日的余晖洒在他们的后背上,显得分外温暖。默默地,我站在路边,注视着老人远去的背影。我知道,此后的日子里,我会一直珍藏着老人的背影,连同他带给我的感动。

而这样的感动,对我来说,是多么熟悉多么亲切啊。

前两天去逛夜市,想给孩子买几双棉鞋垫。转来转去,我在一位老人的摊前停了下来。他的鞋垫厚实挺刮,一块钱一双。挑好五双后,我拿出十块钱递给老人,随后,老人将找好的零钱给了我。接过零钱,我愣了一下,因为我的手掌里除了一张五元的纸币外,还有一枚五角的硬币。“找错了!”我将五角硬币送了过去。

“没错没错,这是让给你的!”老人笑了,笑意从他的每一道皱纹里溢了出来。夜凉如水,可他的笑容却是如此温暖。

“谢谢老人家！”我郑重地收起那枚硬币，连同老人的一份心意。五角钱，一枚微不足道的硬币而已，可因为它承载着老人的友善，就值得我用心珍藏……

行走在这个世界上，一颗心，常常被陌生人的友善与关爱所打动，他们带给我的感动，一直珍藏在我的内心。这种感动，如林中的水滴，如黑夜的星光，如黄昏的微风，带给我长久的慰藉与欣喜。

就这样一路行走，一路珍藏，我的心永远也不会觉得寒冷。

每一天都看到希望

19岁那年，我去一所专科学校读书，专业是机械设计与制造。我从心里厌烦这个专业，但我的高考成绩让我别无选择。

机械系的功课繁重而枯躁，画不完的图纸、做不完的实验，常常让人感到疲倦。但毕竟没了高考的重压，校园生活总体来说还是轻松的。

在这种氛围中，我的一颗心，似乎突然从沉睡中醒了过来，开始对平日里视若无睹的一切，产生了浓厚的兴趣。阳光下发亮的树叶，天空中悠闲的浮云，细雨中濡湿的花瓣……所有的一切似乎化作了无形的手指，拨动了我心灵深处最隐秘的琴弦，发出了轻柔的响声……

不由自主地，我拿起了笔，开始记录自己心灵深处的声音。偶然的一天，望着自己越写越厚的笔记本，我问自己，为什么不去投稿呢？于是，我用心挑选了一篇自己最满意的文章，将它工整地抄到稿纸上，然后装进了信箱里，信封上的收件人，是晚报的副刊部。

当时学校的门口有着长长的阅报栏，里面展示着从中央到地方的各类报纸。从我将稿件投入邮筒的那一天起，我便一日数次地停留在阅报栏前，将晚报的副刊看了又看，潜意识里，我盼望自己的文章能够出现在上面。

一周过去了，10天过去了，半个月过去了……我在晚报上，始终未能找到自己的名字。一个月后，当我站在阅报栏前将晚报的副刊从头看到尾时，我对自己的文章彻底死了心。就在我垂头丧气地离开阅报栏时，我的心底却响起了一个小小的、坚定的声音：没关系，接着写，你会越写越好的。

为着心底那个声音，我继续拿起了笔，继续挑选自己满意的文章寄出去。但无论我怀着怎样热切的心情去等待，最终等来的都是失望，一次又一次的失望堆积起来，几乎要将我压垮。一度，我对自己充满了怀疑，觉得自己永远也写不出一篇像样的文章来。有一天恼怒之下，我撕碎了自己的笔记本，决定再也不写一个字。

那天夜里，当室友们全都安然入睡后，我依然辗转难眠。寂静中，我又一次听到了心底那个小小的、坚定的声音：没关系，接着写，你会越写越好的。

为了证明那句话，我重又拿起了笔。

求学的三年里，我不知道自己一共寄出了多少文章。而我，却从未在阅报栏里找到自己的名字——但，这又有什么关系呢？反正我会继续写下去的。

毕业之后，我进了工厂做了一名技术员，每天忙忙碌碌地车间里穿行。但无论多忙多累，回到家后我必定会拿起笔，记录下心底的声音。

两年后的一个下午，我坐在办公室里翻阅报纸。当我翻到《工人日报》的一个版面时，我愣了一下，因为那上面的一篇文章让我分外眼熟，接下来，我在作者一栏里看到了自己的名字。原来，我的文章发表了。那一刻，面对自己生平所发表的第一篇义章，我竟然心静如水，没有丝毫的激动，更没有丝毫的惊喜，似乎发表文章是件极平常的事情，就像春来花开一般。

在工厂里做了五年的技术工作后，我跳槽去了别的公司，做文员，做翻译，直到最终做了以文为生的职业写手。

真正以写作为业后，我才意识到，这是一条极为寂寞极为艰辛的道路。几乎每时每刻，我都能感受到强大的阻力，而那种阻力，使我频频受挫。但无论挫折多深，我对自己都已不再失望不再怀疑，只为我的心底，一直都有一个充满希望的声音对我说：

没关系，接着写，你会越写越好的。

心空

那段日子里，生活的种种不如意一并压来，使得我的心情极为沮丧。整天闷在家里，既不想说话也不想做事，只是百无聊赖地打发时光。尽管无所事事，可每晚临睡时，仍感到一种虚脱般的疲惫，让人喘不过气来。

时光悄无声息地滑过去了，周围的一切依然让我感到烦闷与厌倦，尤其是连日不断的阴雨，更让我在灰色的心境里一沉再沉，直到那个寂寞的午后。

那天下午，我本打算像往日一样赖在床上消磨时光，可无论我怎样的辗转反侧，双眼却始终不愿合拢；打开影碟机，无聊的画面令人更为烦躁；至于满架的书籍，我连翻都懒得翻一下……我焦躁不安地在房间里走来走去，一颗心憋闷得几乎要从胸膛里跳出来，最后，我随手拿起几本杂志，走出了家门。

雨已经停了，偶尔有清凉的雨丝飘到脸上，风轻轻地吹着，带着些微的寒意，让人的精神为之一爽。我信步走着，不知不觉就来到了家居附近的公园，偌大的公园里只有寥寥数个游人，显得分外的空旷。

低着头，沿着园中的小路我慢慢地走着，直到焦虑的心情渐渐平息下来。随后，坐在路边的一条长椅上，我翻开了随身带来的杂志，整个人很快便沉醉在那些优美的文章中，直到一本杂志读完，我才感到双眼发涩，腰酸背痛。放下杂志，我不由得伸了个懒腰，就在我仰首的那一瞬间，我震惊得几乎止住了呼吸——

就在眼前就在头顶，我望见了怎样的一方蓝天啊——如此明媚、如此深遂、如此清新、如此纯净！那片不染纤尘的蓝色，那片永远年轻的蓝色，无穷无尽地延伸着，一直伸展到人心深处。那时候，阳光正灿烂地照着，天地间显得分外的安宁而明朗，远处丝丝缕缕的白云不经意地飘浮着，映衬得整个天空更加澄澈。默默地凝视中，所有的烦躁、所有的焦虑、所有的疲惫开始退潮，我的瞳仁里只剩下那片蓝过千古依然年轻的天空，而一份久违了的激情，开始在我的胸怀中涌动。

有多久了，我遗忘了头顶上这一方纯粹的蓝天？在繁华的都市里，整日不是忙着埋头赶路就是烦得低头叹息，纵然偶尔转首，透过窗玻璃看到的也只是那片已被高楼大厦切割得支离破碎的天空。可是，即使我们不曾抬头，那片天空依然真实地在我们的头顶上蓝着，蓝得安祥、蓝得宁静、蓝得辽阔、蓝得悠远；毫无疑问，苍穹下有过阴霾，有过闪电，也有暴雨，可真正属于天空的却是那一片融化人心的蓝色，这片蓝，才是天空的永恒啊。

多少年来，我一直喜欢“心空”这个词语，可直到与蓝天对视的那一刻，我才恍然明了这两个普普通通的汉字中所蕴涵的意义——原本，人心也应当像天空那样广阔而澄澈，即使有烦恼、有焦虑、有忧伤、有疲惫，可内心的安宁才是永恒啊。

忙碌的日子还在继续，烦闷的时光还会再来，可我知道，只要我不忘记抬头望天，我就能找到那片独属于内心的蔚蓝。

最珍贵的东西是免费的

忽然发觉，在这个世界上，最珍贵的东西是免费的。

阳光，是免费的。芸芸众生，没有谁能够离开阳光活下去。然而，从小到大，可曾有谁为自己享受过的阳光支付过一分钱？慷慨的阳光，既照耀着豪华别墅，也照耀着农家小院；既照耀着总统，也照耀着乞丐；既照耀着老人，也照耀着孩子……

空气，是免费的。一个人只要还活着，就需要源源不断的空气。可从古到今，又有谁为这须臾不可缺少的东西埋过单？无论是贩夫走卒还是明星政要，他们一样自由地呼吸着充盈天地间的空气。

亲情，是免费的。每一个婴儿来到世上，都受到了父母无微不至的呵护，那是一份深入血脉不求回报的疼爱。可从没有哪一个父母，对孩子如此说道："你给我钱我才疼你。"父母的这份爱，不因孩子的成年而贬值，更不因父母的衰老而削弱。只要父母还活着，这份爱就始终如一。

友情，是免费的。寂寞时默默陪伴你的那个人，摔倒时向你伸出手臂的那个人，伤心时将你揽在怀里的那个人，可曾将他(她)的付出折合成现金，然后要你还钱？

爱情，是免费的。那份不由自主的倾慕，那份无法遏制的思念，那份风雨同舟的深情，那份相濡以沫的挚爱，正是生命深处最深切的慰藉与最坚实的依靠。而这一切，都是免费的，更是金钱买不来的。

目标，是免费的。无论是锦衣华服的王子，还是衣不蔽体的贫儿，只要愿意，就能为自己的人生确立一个目标。这个目标既可以伟大也可以平凡，既可以辉煌也可以朴素，只要你愿意，你就能拥有。

还有信念，还有希望，还有意志，还有梦想……所有这一切，都是免费的，只要你想要，你就能得到。

还有春风，还有细雨，还有皎洁的月华，还有灿烂的星辉……世间多少滋润心灵的美好风物，都是免费的啊……

再不要对着苍天唉声叹气了！苍天是公正的，更是慷慨的，苍天早已把最珍贵的一切，免费地馈赠给了每一个人。